Paolo Giacometti

La morte civile

Texte et illustration de couverture : © domaine public
Edition : Culturea (Hérault, 34)
Contact : infos@culturea.fr
Retrouvez notre catalogue sur http://culturea.fr
Imprimé en Allemagne par Books on Demand
Design typographique : Derek Murphy
Layout : Reedsy (https://reedsy.com/)

Dépôt légal : janvier 2023

ISBN : 9791041843817

Paolo Giacometti

La morte civile

(1861)

Personaggi

Corrado

Il medico Arrigo Palmieri

Monsignor Abate Gioachino Ruvo

Don Fernando

Gaetano

Rosalia

Emma

Agata

L'azione ha luogo in un grosso paese della Calabria ulteriore, a' tempi del cessato governo borbonico.

ATTO PRIMO

Sala in casa del medico Arrigo Palmieri, mobiliata con molta decenza. La porta d'ingresso è nel mezzo, altre laterali che conducono al giardino, alla biblioteca, alle camere.

Scena prima

Don Fernando e Agata.

FERNANDO Dunque mi avete riconosciuto subito?

AGATA Subito: come si possono dimenticare le fattezze di un giovane, quando lo si è allattato?

FERNANDO Dite piuttosto che aveva quindici anni, almeno, allora che l'abate, mio zio, mi mandò in Catania agli studi, per cui...

AGATA Ma da quell'epoca molto tempo è trascorso. Non vedete, don Fernando mio, come mi sono invecchiata? Voi, all'incontro, siete sempre giovane.

FERNANDO È forse per questo, che vedutomi appena, mi squadraste con tanta meraviglia, sclamando: "Ancora lo stesso?"

AGATA Eh no! La mia esclamazione che riguardava solamente lo stato vostro, voleva dire: "Sempre secolare!"

FERNANDO Ah, ora capisco. La mia buona nutrice sperava di rivedermi canonico, prelato - è vero?

AGATA Sí mi ero raccomandata tanto a san Gennaro!

FERNANDO Mi facevate un bel servizio! Sia lode al santo che non vi ha esaudita.

AGATA Ohimè! che sentimenti son questi?

FERNANDO Da galantuomo, mia cara, perché i mestieri non si fanno senza una certa inclinazione, o se si fanno si fanno male. È verissimo che lo zio monsignore desiderava d'incamminarmi alla prelatura, e perciò da Catania mi fece passare a Roma raccomandandomi al cardinale suo cugino - ma fu un conto sbagliato. Io spesi il danaro, studiai poco, ho goduto molto, mi scandalizzai moltissimo, e ritornai all'abbazia, appena cristiano - fu un vero miracolo!

AGATA Gesú mio, cosa sento! E dire che io vi ho allattato cristianamente, devotamente; che prima di adagiarvi nella culla, vi esorcizzavo con preghiere, con segni di croce... che vi coprivo il petto di medaglie benedette, di reliquiari. Ah meschina me! figurarsi la collera di monsignore se vi sente a dire certe eresie... Almeno abbiate prudenza con lui.

FERNANDO Diavolo! non sono poi stato a Roma per nulla, e un po' di santa impostura l'ho imparata... tanto è vero che sono qui per rendere un servigio a monsignore - un servigio di esplorazione; vedete che sono ancora un buon cattolico.

AGATA Di esplorazione?

FERNANDO Esplorazione, per altro, innocentissima ed anche piacevolissima, giacché si tratta di esplorare una donna.

AGATA Una donna? Ah, forse... credo di coglier giusto, ma non mi pare un incarico per voi, giacché... basta, monsignore fa sempre bene. Io però supponevo che voi foste venuto qui, semplicemente per vedere il medico Palmieri, col quale avete passata l'infanzia, ed anche per veder me.

FERNANDO Difatti non v'ingannaste del tutto: vi ho riveduta volentieri, rivedrò con piacere Arrigo... ma la donna misteriosa che, per quanto ho inteso dallo zio, il medico recò con sé da Catania, coll'intento, forse, di nasconderla in questo ultimo lembo della Calabria, è quella che ora m'interessa moltissimo. - Chi è costei? come si chiama?

AGATA Chi è? non si sa. Come si chiama? Rosalia.

FERNANDO Rosalia ve ne sono tante in Sicilia... ne ho conosciute parecchie. - Ditemi piuttosto: questa Rosalia è zitella?

AGATA Chi lo sa!

FERNANDO È maritata?

AGATA Chi lo sa!

FERNANDO È vedova?

AGATA Chi lo sa!

FERNANDO Non si sa niente? - Infine, è bella?

AGATA (*stringendosi nelle spalle*) Uh!...

FERNANDO Veramente non avrei dovuto farvi quest'ultima domanda.

AGATA Perché mo'?

FERNANDO Perché una donna vecchia non vi risponde mai, e si stringe sempre nelle spalle, come avete fatto voi. Ne giudicherò io. Il punto sta che questa incognita pone in angustie l'animo dello zio, giacché, nella sua qualità di abate, deve - egli dice - sorvegliare il buon costume, prevenire gli abusi, gli scandali... e questa Rosalia, secondo quello che ne ho inteso, risveglia certi sospetti, certe trepidazioni di coscienza negli abitanti, che naturalmente e sventuratamente sono un po' pinzoccheri, molto pregiudicati...

AGATA Eh! lo scandalo c'è, pur troppo! lo sa Maria santissima, alla quale mi rivolgo sempre, perché mi conceda la grazia di uscire da questa casa senza peccato!

FERNANDO E perché non ne uscite?

AGATA Non posso. Sono stata acconciata presso il medico - che in confidenza è un eretico - dal signor abate, il quale è anche il mio confessore.

FERNANDO Per verità, ciò è molto strano. Allora, probabilmente, mio zio non aveva ancora avuto certi motivi di disgusto col medico...

AGATA Non lo so.

FERNANDO E questi motivi di disgusto in che consistono?

AGATA Ah, don Fernando! le sono cose che non si possono dire, perché offendono troppo la religione.

FERNANDO Ma allora - domando io - in qual modo il vostro padre spirituale vi ha messa, per cosí dire, sulla porta dell'inferno? forse come una sentinella?

AGATA No, don Fernando, come una povera peccatrice, che ha bisogno di guadagnarsi il paradiso.

FERNANDO (*fra sé*) Facendo la spia. Avvertirò l'amico.

AGATA Permettete che io vada per le mie faccende...

FERNANDO Aspettate, vorrei farvi un'altra interrogazione... ma vi prego di non rispondermi con una stretta di spalle.

AGATA Uhm!...

FERNANDO Il medico non aveva moglie?

AGATA L'aveva certamente, ma è morta da molto tempo.

FERNANDO E dove morí?

AGATA In questa casa medesima, due anni prima che il medico andasse a stabilirsi a Catania colla sua piccola Emma, nata fra gli spasimi della madre agonizzante.

FERNANDO A Catania?... per certo, dopo che io ne ero partito, perché altrimenti ci saremmo incontrati... E l'amico mio rimase sempre vedovo?

AGATA Chi lo sa!

FERNANDO Da capo con questi, chi lo sa!

AGATA Eh, mio Dio! che devo dire?

FERNANDO Dite molto. Vi è dunque il sospetto che abbia contratto un secondo matrimonio...

AGATA Uhm!...

FERNANDO Forse segreto? colla misteriosa Rosalia?

AGATA Mah!...

FERNANDO Uhm! mah!... Voi mi fate diventare piú curioso d'una governante.

AGATA Per me non lo sono punto. - Volete vedere l'incognita? guardate là (*indica una delle porte che si trovano a sinistra*).

FERNANDO Non posso ben distinguere... ha seco una giovinetta... Chi è? sua figlia? la figlia del medico?

AGATA Non so niente.

FERNANDO Corpo del diavolone, che io mi diverto moltissimo. Mi piace lo straordinario e se riesco a scoprire...

AGATA Non riescirete...

FERNANDO Ad ogni modo... aspettate; esse vengono verso di noi. - Ritiriamoci un poco (*si ritirano nel fondo della scena*).

Scena seconda

Rosalia, Emma ed i suddetti.

ROSALIA (*tenendo per mano Emma*) Volete, la mia cara Emma, che scendiamo nel giardino a cogliere i fiori?

EMMA Col massimo piacere: faremo un bel mazzolino che presenterò al papà, quando ritornerà da' suoi ammalati. Non va bene che io gli offra dei fiori, come per ringraziarlo delle consolazioni ch'egli lascia sempre agli infermi? poverini! Io gli do dei fiori e ricevo dei baci. - Vi guadagno, è vero?

ROSALIA Oh sí! i baci dei propri genitori sono una santa cosa, lo sa chi non può averne!

EMMA (*dolorosamente*) Ah! io non gli ho che da lui!

ROSALIA (*subito*) Andiamo, andiamo in giardino (*si muovono per andare, mentre don Fernando, il quale si era mosso lentamente verso di loro, le incontra*).

FERNANDO Domando scusa se...

EMMA (*Sotto voce a Rosalia*) Un signore? chi è?

ROSALIA (*dopo di aver considerato don Fernando*) Credo di averlo veduto altra volta, ma...

FERNANDO Io cercavo... una semplice curiosità... (*piano ad Agata*) Mi pare di conoscerla.

AGATA (Da vero?)

ROSALIA (*guardando don Fernando dice fra sé*) (Ah! non m'inganno, no... come evitarlo?) Perdonateci, signore, se essendo aspettata...

AGATA (Da chi?)

FERNANDO Un momento, di grazia. Adesso che ho interrogate le mie rimembranze, sono certo di non ingannarmi. Noi ci siamo conosciuti a Catania.

ROSALIA Non me ne ricordo, signore.

FERNANDO Non ricordate quel don Fernando, che praticava in casa di vostro padre, che fu poi amico di...?

ROSALIA (*subito per interromperlo*) Può darsi... difatti mi sembra... ma dopo tanti anni...

FERNANDO Quattordici circa...

ROSALIA Sí, quattordici!

AGATA (Si conoscono... sapremo qualche cosa).

FERNANDO Che fortunata combinazione! (*fra sé*) (Però prima di farle certe domande assai delicate, vorrei...) E questa leggiadrissima giovinetta è una vostra figlia?

EMMA Ah! no, signore, io non ho conosciuta mia madre perché è morta nel darmi alla luce... ed io ne provo tanto rimorso! non ho ragione, forse? non è un furto che io ho commesso?

FERNANDO Poverina!

EMMA Ah! se questa buona Rosalia fosse mia madre!...

AGATA (E probabilmente lo è).

EMMA Non avrei no, una spina fitta nel cuore. Dicono che la mia salute è un po' gracile, che mi scuoto per le piú leggiere impressioni, che piango facilmente... Ma egli è perché non posso perdere la memoria... e quando penso che mia madre è morta per farmi vivere, e che io l'ho fatta morire, soffro molto, soffro sempre, signore... E senza un padre sí nobile, sí generoso, sí buono, che mi vuol tanto bene, che mi accarezza ad ogni momento...

FERNANDO Voi dunque siete la figlia di Palmieri?

EMMA Lo sono, signore.

FERNANDO Del mio amico d'infanzia?

ROSALIA (*sorpresa*) Egli è vostro amico?

AGATA (Pare che le rincresca).

EMMA Ah! voi lo conoscete? lo amate? ciò mi fa piacere. Dite, signore, non ho io un angelo per padre?

AGATA (Con quell'odore di zolfo!)

FERNANDO Oh sí! Arrigo Palmieri è uno di quelli uomini rari, che Dio fa nascere, qualche volta, a sollievo dell'umanità sofferente. Egli meritava un premio quaggiú, ed ora che vi ho veduta ed ascoltata, comprendo che lo ha ottenuto. Difatti, adesso, ricordo benissimo ch'egli era diventato padre...

AGATA Non ve lo dissi, don Fernando! qui divenne padre, precisamente qui... e la fanciullina coll'andare degli anni si è molto cangiata, massimamente negli occhi, che da neri divennero azzurri... almeno, secondo quello che osserva la sua nutrice, e le nutrici - io lo so per prova - non isbagliano.

FERNANDO San Gennaro avrà fatto il miracolo.

AGATA Eh, potrebbe darsi.

ROSALIA Cosa avete inteso di dire, mia cara Agata?

AGATA Nulla, precisamente nulla. Ho ripetuto ciò che udii a raccontare le cento volte.

ROSALIA Badate molto ai racconti voi... ma adesso ne sappiamo abbastanza, e vi pregherei di andare pe' fatti vostri giacché...

AGATA Come la mi comanda.

ROSALIA Vi ho pregata.

AGATA Non può comandare? in sostanza, non è la padrona di casa?

ROSALIA Il padrone è un solo.

AGATA Sarà!

EMMA Brutta Agata! sei sempre in collera. Cosa vieni a raccontarci di occhi neri od azzurri! gli occhi me gli ha fatti il Signore, e poteva anche cangiarmeli. Non mi piace che tu sii sempre piena di stizza verso questa buona Rosalia, che mi tiene luogo di madre, che amo come mia madre.

AGATA Già, già.

EMMA Va', non ti voglio piú bene.

AGATA Vado, vado. (*Partendo dice fra sé*) (Che aria si danno queste figlie del peccato!)

FERNANDO (*guardandole dietro*) Sono le gran streghe certe sante!

ROSALIA (Bisogna soffrire!)

FERNANDO Ora poi, signora Rosalia, mi parlerete un poco di voi della vostra famiglia, di...

ROSALIA (*facendogli cenno di tacere*) Emma, io dovrei dire qualche cosa a don Fernando: vorreste frattanto scendere voi sola in giardino?

EMMA Volentieri; preparerò i fiori pel papà, prima che ritorni - a rivederci, Rosalia, addio, don Fernando.

FERNANDO Addio, bell'angiolo (*Emma esce a sinistra*) Mi spiace disturbarvi... ma però la signorina poteva rimanere con noi. - Vi è del mistero in ciò che avete a dirmi?

ROSALIA La giovinetta ignora il mio passato, e siccome fu assai doloroso, cosí, per rispondere alle vostre interrogazioni, avrei amareggiato il suo mite animo... giacché la poverina mi vuole un gran bene... Voi lo avete inteso.

FERNANDO Sí, ma ignoro che male vi sia a sapere che voi avevate un marito, mentre non vedendolo presso di voi, e la vostra umile condizione in questa casa - se le apparenze sono reali - mi fanno credere che vostro marito non viva piú.

ROSALIA E se vivesse?

FERNANDO Allora bisogna convenire che le apparenze ingannano. Vive! la cosa è molto diversa... e come, dove vive egli! che è mai accaduto? una separazione?

ROSALIA Non vi posso rispondere.

FERNANDO Però i vostri occhi mi lasciano comprendere... Vi ha abbandonata? voi piegate il capo? - Abbandonata! - Eh! perbacco, era da prevedersi. Certe passioni esaltate, piú proprie del romanzo che della vita reale, conducono a precipizi... Inoltre ricordo bene come fu fatto il vostro matrimonio... Rapita da quel forsennato! - Egli era veramente una di quelle nature, le quali si sviluppano spesso sotto il nostro cielo di fuoco, presso i vulcani, che non ammettono la via di mezzo, ma spingono l'uomo ad una eccentricità assoluta, o per grandi virtú, o per grandi delitti.

ROSALIA Grandi, purtroppo!

FERNANDO I vostri genitori dunque erano profeti, quando...

ROSALIA Ah, tacete!

FERNANDO La fatalità esiste a questo mondo!... io me ne persuado. Se almeno foste libera!... Come ve la passate col medico? non troppo bene, è egli vero? lo capisco: senza un titolo giusto... un legame approvato dalla Chiesa...

ROSALIA (*offesa*) Don Fernando, che dite voi?

FERNANDO State tranquilla perché io non ho né pregiudizi, né scrupoli, ma delle idee affatto particolari circa il matrimonio, giacché trovo che il piú legittimo di tutti fu quello celebrato nel paradiso terrestre... ma però le costituzioni civili... la curia romana... il conciliabolo di Trento...

ROSALIA Non proseguite. Anche voi! anche qui calunniata dappertutto! - Eppure sono innocente; povera, abbandonata dalla mia famiglia, accettai questo uffizio di aia, che è la mia unica risorsa. Il dottor Arrigo è l'uomo piú virtuoso che io mai abbia conosciuto; è stato un salvatore mandatomi dalla provvidenza. Nulla abbiamo da rimproverare a noi medesimi; credetemi, don Fernando: le nostre anime sono pure.

FERNANDO Vi credo, signora Rosalia, ma ad ogni modo vi avrei stimata egualmente, giacché certi sacrifizi mi sembrano inumani, e non gli posso ammettere. Che diavolo! preferisco la logica al diritto canonico, il quale ne ha sempre poca. Ma è ben naturale che non la pensi cosí l'abate mio zio.

ROSALIA (*con gran sorpresa*) Che dite? Monsignore è vostro zio?

FERNANDO Ve ne rincresce?

ROSALIA Molto - egli è il mio persecutore.

FERNANDO Veramente dai suoi discorsi ho capito che non vi è troppo amico... ma perseguitarvi poi... a meno che non lo facesse per coscienza.

ROSALIA Per coscienza non si calunnia.

FERNANDO Siamo d'accordo - ma mettetevi un po' nella sua tonaca. Egli agisce per principio, con fede, da apostolo, da inquisitore se volete - ma da santo inquisitore. Egli è persuaso che fra voi ed Arrigo esista una corrispondenza, la quale non essendo perfettamente ascetica, offende la santocchieria di questi poveri abitanti, che potrebbe ledere i diritti di successione, quelli della Banca romana...

ROSALIA Ma questa corrispondenza non esiste.

FERNANDO Io lo ammetto. - Ma non sapete voi che l'opinione pubblica è un tribunale, che giudica senza prove? che condanna senza misericordia?

ROSALIA Però l'opinione pubblica può essere corretta, illuminata...

FERNANDO Ahimè! da chi?

ROSALIA Da chi ne ha il dovere, da chi si vanta seguace di una legge di amore o di carità.

FERNANDO Lo capisco, ricordo anch'io le parole che il Redentore ha scritte sulla sabbia...

ROSALIA (*risentita*) Non è questo il caso... e nondimeno se lo fosse, il signor abate non ricordò quelle parole misericordiose, mentre fu il primo a raccogliere la pietra, che il suo sapiente maestro aveva fatta cadere dalle mani dei lapidatori, per lanciarla contro di me, che non sono la peccatrice di Maddalo.

FERNANDO Egli? mio zio?

ROSALIA Dove nacque la calunnia? dentro le pareti dell'abbazia. Da dove si mosse per recare il suo sordo ronzio di casa in casa? Da un luogo che non ardisco di nominare.

FERNANDO (*fra sé*) (Ah! quella pinzocchera avrà fatto il male). Ma però, mio zio vi ha rivolto qualche rimprovero? Vi ha minacciata?

ROSALIA Ah, mio Dio! certe guerre si fanno all'ombra e nel mistero, la vittima si sente colpita e non vede la mano - i pozzi spirituali esistono ancora. Io vivo in continue apprensioni, sempre in forse del domani, perché l'odio sacerdotale non perdona.

FERNANDO L'odio? convengo nella massima - nullameno non posso supporre che... L'abate vi odia?

ROSALIA Profondamente.

FERNANDO Allora vi dev'essere una causa segreta...

ROSALIA Vi è.

FERNANDO Tale che io possa saperla?

ROSALIA No - sono generosa.

FERNANDO (La saprò).

<h1 style="text-align:center">Scena terza</h1>

Agata entra premurosamente, ed i suddetti.

ROSALIA Che desiderate, Agata?

AGATA Sapere se il padrone è rientrato, perché vi è in sala monsignor abate, il quale ha somma premura di parlargli.

ROSALIA (*con isbigottimento*) L'abate?...

FERNANDO (*vedendo l'imbarazzo di Rosalia*) E cosí?

AGATA Alla signora non piace questa visita?

ROSALIA Non è certamente per me - chi sono io? - Il padrone non è ritornato, ma non dovrebbe tardare. Se monsignore si degna di attenderlo, potete introdurlo in questa camera, dove ritroverà suo nipote.

AGATA (*ironica*) Tante grazie! - (Che lunga conversazione! non ho potuto bene ascoltarla... ma sapremo poi) (*esce*).

ROSALIA Io vado in giardino da Emma.

FERNANDO Vi consiglierei a rimanere; la vostra presenza mi darebbe coraggio per...

ROSALIA Io rimanere qui?... è impossibile. Però mi raccomando a voi, don Fernando, che mi conosceste giovinetta, che avete detto di credermi senza colpa. Assicuratelo che non ne ho commessa alcuna, diteglì che non merito le sue persecuzioni, perché ho patito tanto: che mi lasci vivere tranquilla, obliata, in questo asilo, che mi ha dato il Signore... Diteglì ciò, o almeno non mi comprommettete di piú, siate onesto, prudente per carità! (*esce per la porta dalla quale è partita Emma*).

FERNANDO Lo sarò. - Una causa d'odio? Eh! non vorrei che monsignore, in luogo di far guerra al vizio, la facesse alla troppa virtú... Non sono gonzo io, e ricordo benissimo che questo pastore ne' suoi anni piú verdi, aveva delle predilezioni, poco spirituali, per certe pecorelle e non sarebbe difficile, che trovatane una smarrita, si fosse ingegnato di tirarla all'ovile... per carità evangelica.

Scena quarta

L'abate ed il suddetto.

ABATE Siete ancora qui? come andò l'esame?

FERNANDO Ho fatto da inquisitore - cosí alla meglio. Voi non ne sarete persuaso, ma il mestiere è difficile.

ABATE Che vi è sembrato della malinconica avventuriera? Voi che non avete voluto darvi a Dio, ma vivere al secolo, dovete intendervi, per pratica, di certe arie sentimentali, rugiadose, seducenti...

FERNANDO Me ne intendo un poco - ma non quanto un confessore.

ABATE Donne simili non si confessano.

FERNANDO (Se fossero matte!)

ABATE Dunque?

FERNANDO Dunque questa Rosalia, nel suo mite dolore, è di una bellezza affascinante, e mi pare che anche un santo anacoreta potrebbe preferirla alle radici ed alle flagellazioni... motivo per cui ne sono edificato.

ABATE Cosa vi edifica?

FERNANDO Quell'odio sacro che voi le portate.

ABATE Odiarla? al contrario, io ne sento pietà - un'austera pietà. Vorrei richiamarla sulla buona strada, e perciò sappiate ch'ero venuto perfino nella determinazione di offrirle un sicuro asilo all'abbazia, presso di me.

FERNANDO Da vero? (Voleva proprio tirarla all'ovile!) E lo ha rifiutato?

ABATE Sdegnosamente ed assolutamente, per non abbandonare...

FERNANDO Chi mai?

ABATE Il suo amante - e forse...

FERNANDO Arrigo?... v'ingannate - non si amano.

ABATE Non si amano? - Eh, voi, don Fernando, non conoscete a fondo il medico Palmieri, come lo conosco io.

FERNANDO Siete il suo confessore?

ABATE Di chi? di un ateo?

FERNANDO Arrigo è un ateo?

ABATE E quando lo si vede in chiesa? Mai. Scopre egli il capo davanti alle sacre immagini,
che la pietà dei divoti ha effigiate sulle pareti esterne delle case? Mai. Che cos'è per lui il
miracolo di San Gennaro? Una superstizione alimentata dal clero. In questa casa si
leggono libri perniciosi, empi; non si prega. Fuori di un crocifisso, perché lo si crede
opera di Cellini, voi non trovereste l'immagine di una Madonna, di un santo... Ma invece,
nella biblioteca del medico stanno sospesi i ritratti di Sarpi, di Arnaldo, di Giordano
Bruno, di Campanella, di Filangieri, di Francesco Conforti, di Domenico Cirillo.

FERNANDO Uomini grandi...

ABATE Dite settari che finirono quasi tutti sul patibolo.

FERNANDO Come Cristo.

ABATE Che dite voi, don Fernando?

FERNANDO Io sono sorpreso, e non so come monsignore possa sapere cosí bene quello che si
fa, che si dice, che si pensa, che si mangia in una casa, dove ella viene cosí di rado.

ABATE Vedo attraverso i muri.

FERNANDO (Cogli occhi della sacra referendaria). Però non capisco che relazione possono
avere le trasgressioni di culto col carattere morale, cogli amori supposti, di Arrigo e di
Rosalia.

ABATE Non capite che senza religione non si può dare moralità?

FERNANDO Non lo capisco, perché ho sentito a decantare il medico - massimamente dai
poveri - per uomo illuminato, filantropo, generosissimo: lo chiamano l'angelo delle
capanne.

ABATE Qui esiste il pervertimento - ecco la corruzione, lo scandalo. Quest'uomo è pernicioso
tanto alla morale pubblica quanto alla fede.

FERNANDO Qui si fa una guerra di principî religiosi... lo comprendo, e comprendo che la
povera Rosalia ne sarà la vittima.

ABATE La povera Rosalia è alla vigilia di andar molto lontano di qui.

FERNANDO La farete partire? Voi? Monsignore, disonorare una donna sopra alcune
apparenze, è tal cosa...

ABATE Apparenze voi dite?... ma sappiate che ho in mano dei fatti... e tali che mi costringono
ad agire energicamente.

FERNANDO Monsignore, pensateci. Rosalia non merita un simile trattamento; io la conosco
da molto tempo; fu sempre buona, onesta... e senza un malaugurato matrimonio...

ABATE (*sorpreso*) Maritata? essa?... tanto peggio - o tanto meglio. - E dov'è suo marito?

FERNANDO È ciò che ignoro...

ABATE Divisa da lui?

FERNANDO Non per sua colpa.

ABATE La colpa è sempre della donna.

FERNANDO Adagio un poco - bisogna distinguere.

ABATE In casi di matrimonio noi non facciamo distinzioni.

FERNANDO Ed avete torto.

ABATE (*severo*) Come?

FERNANDO Cioè... (*fra sé*) (Difatti, già Roma non distingue che fra scudo e zecchino).

ABATE Frattanto vi ringrazio di avermi avvisato.

FERNANDO (Credendo di far bene ho fatto male).

Scena quinta

Agata ed i suddetti.

ABATE È rientrato questo signore?

AGATA Da qualche tempo - ma si fermò in giardino a ricevere il solito mazzolino di fiori dalla... figlia: quindi molte tenerezze - poi, già s'intende, complimenti, sorrisi alla signora... aia.

FERNANDO (Maledetta!)

ABATE Insomma, mi fa l'onore di riverirmi?

AGATA È entrato nella biblioteca, e prega monsignore di attenderlo un momento.

FERNANDO Va bene; lo vedrò io pure con molto piacere.

ABATE Non adesso, giacché ho bisogno di parlargli io, senza testimoni; favorite di andarvene.

FERNANDO Ma.

ABATE Devo comandarvelo?

FERNANDO Vado. (Che demonio di un santo!) (*esce*).

ABATE (*ad Agata, con aria grave e significante*) Altro di nuovo?

AGATA No. - Ma circa alla ragazza è certo che...

ABATE Ne so quanto basta. Andate. (*Agata gli bacia la mano*) Vi aspetto domani.

AGATA Sí, monsignore (*esce*).

ABATE Ora se il filosofo viene disposto ad azzuffarsi meco, io sono preparato a riceverlo.

Scena sesta

Il dottor Palmieri ed il suddetto.

PALMIERI Monsignore, vi prego a scusarmi se vi ho fatto attendere un poco, ma...

ABATE Sono io anzi che desidero di essere scusato per esservi venuto a rapire, cosí all'improvviso, alle gioie domestiche, o alle vostre filosofiche speculazioni... Capirete bene però che senza un motivo...

PALMIERI Qualunque sia, monsignore favorisca di accomodarsi.

ABATE Tante grazie (*siedono*). Nessuno può ascoltarci?

PALMIERI Nessuno.

ABATE Egli è perché le cose che ho a dirvi sono piuttosto gravi.

PALMIERI Ed io le ascolterò colla mia solita pazienza.

ABATE Per non abusarne soverchiamente, tralascierò dunque gli oziosi preamboli per toccare subito l'argomento.

PALMIERI Ve ne sarò obbligato.

ABATE Vengo a parlarvi di quella certa donna...

PALMIERI Chi è quella certa donna?

ABATE Uhm?... Rosalia.

PALMIERI L'argomento non è nuovo, ma però sempre piacevole.

ABATE Questa volta non lo sarà poi tanto, giacché è assolutamente necessario che la donna si allontani, non solo da questa casa, ma anche dal paese.

PALMIERI E perché, signor abate?

ABATE Non vorrei spiegarmi di piú.

PALMIERI Allora il nostro colloquio terminerà presto, perché se è vero che io sono filosofo, saprete che in filosofia si cerca e si vuole sempre la ragione delle cose e dei fatti. La necessità che ammette monsignore non è appoggiata a ragioni, molto meno poi a diritti. Rosalia è una donna onesta, vive nella casa di un uomo onesto - è l'aia di mia figlia e tanto basta.

ABATE Di vostra figlia!...

PALMIERI Vi ha dei dubbi, monsignore?

ABATE Tutt'altro. Temo solamente che la fanciulla non sia la stessa che diede alla luce vostra moglie, e che io ebbi l'onore di battezzare.

PALMIERI Come?

ABATE Credo che la bambina - la vera Emma - abbia cessato di vivere in Catania, alcuni mesi dopo il vostro soggiorno in quella città.

PALMIERI Siete male informato.

ABATE Non potrei esserlo con maggiore esattezza, giacché stamattina appunto quell'abate dei benedettini si è data la premura di spedirmi l'attestato di morte, che io gli avevo chiesto, per tutti i casi possibili e che ho l'onore di presentarvi (*gli dà un foglio*). Ritenetelo a vostro bell'agio, perché io ne ho un altro. Voi vedete, che quantunque semplice teologo, cerco anch'io la ragione delle cose.

PALMIERI Quando si tratta di nuocere, lo vedo - vedo che il signor abate s'interessa - piú che non dovrebbe - dei fatti miei.

ABATE Non dovrei interessarmi di ciò che potrebbe turbare la tranquillità delle coscienze?

PALMIERI Povere coscienze, come sono ben governate!

ABATE Ora dunque - poiché vostra moglie è morta nel dar alla luce la bambina, né voi siete passato a nuove nozze - non rimane alcun dubbio; la seconda Emma è illegittima.

PALMIERI Potrei disingannarvi... Ma delle mie azioni, signor abate, io non rendo ragione che alla mia coscienza, la quale non ha bisogno del vostro governo. L'avere io una figlia - illegittima, se vi piace, e che d'altronde potrei far legittimare dal santo padre, con poca spesa - non prova che Rosalia sia sua madre.

ABATE Lo si può supporre facilmente.

PALMIERI Simili supposizioni le fanno i cattivi.

ABATE Ma nullameno stabiliscono lo scandalo morale. Che Rosalia sia o no la madre di Emma poco importa, il mondo lo crede e basta.

PALMIERI Il mondo crede ciò che gli impostori gli fanno credere.

ABATE Infine vi è una cosa che non può mettersi in dubbio - ed è che Rosalia è un'adultera, perché ha marito. - Vede, signor dottore, che io so anche questo.

PALMIERI Ah, bisogna convenirne. Se io, come il signor abate mi fa l'onore di credere, sono l'erede di Domenico Cirillo, martire della scienza e della patria, ella è il legittimo erede di Torquemada, inquisitore e carnefice.

ABATE Badate bene a quello che dite!

PALMIERI Vorreste denunziarmi al Sant'Ufficio? non ho paura, il soffio della civiltà ha spento per sempre i santi roghi.

ABATE Forse... Ma è bene che ci calmiamo per ritornare al punto da cui siamo partiti. Questa donna che vive con voi, separata dal proprio marito...

PALMIERI Separata - ciò è incontrastabile. Ma il perché lo sa, monsignore?

ABATE No.

PALMIERI Eppure giudica? condanna?

ABATE Ch'essa ritorni...

PALMIERI Dove?

ABATE Presso suo marito.

PALMIERI Nell'ergastolo di Napoli!

ABATE Come?

PALMIERI Da tredici anni egli è stato condannato e rinchiuso nella casa di forza.

ABATE Condannato?... Ah, buon Dio! ed essa intanto, invece di piangere la disgrazia di suo marito?...

PALMIERI E cosa ha fatto finora?

ABATE Non lo so.

PALMIERI Lo so io. - La situazione di questa donna è falsa, lagrimevole, disumana - lo comprendo - ma la colpa non è sua, benché ne porti la pena.

ABATE È di chi dunque?

PALMIERI Il signor abate me lo domanda? del concilio di Trento.

ABATE Ah! vorreste alludere alla indissolubilità del matrimonio?

PALMIERI Appunto.

ABATE Ed ignorate che fu comandata da Dio?

PALMIERI Non lo credo.

ABATE Voi dite cose empie.

PALMIERI Monsignore può non ascoltarle, se vuole.

ABATE Aspetto le vostre risoluzioni circa a Rosalia.

PALMIERI Le mie risoluzioni, signor abate, sono che nessuno ha facoltà di anatomizzare il mio cuore, d'inquisire i miei intimi rapporti, la mia famiglia. Che Rosalia è povera, percossa dalla legge, respinta dalla società, calunniata dall'ipocrisia religiosa. Che io le ho offerto un ricovero onorato e tranquillo, per quella legge di carità, che imparai dal piú grande dei filosofi - dal Vangelo, monsignore. Che, infine, per consigli, delazioni o minaccie, io non rinunzierò il mandato di benefattore che ho ricevuto dalla provvidenza.

ABATE È ciò che vedremo.

PALMIERI Quando vi piacerà. - Il signor abate ha altro a dirmi?

ABATE No.

PALMIERI Tanto meglio (*l'abate esce*). Povera Rosalia! lasciarla partire? dividerla da sua figlia?... Oh no! sarebbe lo stesso che farla morire!

ATTO SECONDO

Sala di studio nell'appartamento dell'abate. - Una libreria, quadri religiosi, inginocchiatoio con crocifisso, ecc.

Scena prima

L'abate legge attentamente, seduto allo scrittoio.

ABATE (*dopo un momento, alzando gli occhi dal grosso libro*) Nell'ergastolo?... per qual delitto? - Lo saprò. Questa scoperta è importantissima e rende sempre piú misteriosa la situazione di Rosalia, che ho bisogno di allontanare dal paese, per molte ragioni. - Imprudente che fui! Le ho fatto capire troppo bene certe cose, certi progetti... le ho scoperto la mia debolezza... e non vorrei che un giorno o l'altro, mi facesse perdere quell'odore di santo, del quale ho goduto finora... Testimoni e accusatori non ne voglio. Inoltre, se la scomparsa di Rosalia farà un po' di rumore, tanto meglio. Lo scandalo che, in questi casi, suole edificare le coscienze, scemerà anche la riputazione del medico. Un incredulo virtuoso? un ateo caritatevole?... Ah! bisogna far isparire l'esempio, perdere l'uomo. Perderlo?... mi è balenata un'idea. - Se quell'uomo - il marito, non fosse là incatenato! Se, in qualche modo, lo si potesse far comparire come un fantasma, o piuttosto come un giudice, alla moglie che vive in braccio di un altro... Ah! è certo che quell'uomo, un galeotto, spinto dalle proprie passioni, diventerebbe, assai naturalmente, e senza saperlo, un sicario del santo officio. L'idea è stupenda, e potendola tradurre in azione, chi sa!... le mie aderenze in Napoli son tali che... il confessore della regina può tutto, e... basta, ci penserò questa notte.

Scena seconda

Gaetano ed il suddetto.

GAETANO (*reca la lucerna accesa che depone sul tavolo*) Dio vi salvi, monsignore.

ABATE Voi pure, Gaetano.

GAETANO Devo dirle che uno sconosciuto, giacché non ricordo di averlo mai scontrato in questi contorni, si è introdotto nel cortile interno dell'abbazia, forse dalla parte della Chiesa.

ABATE A quest'ora?... non lo avete interrogato?

GAETANO Subito; quantunque, a dir vero, cosí sul far della sera, non m'inspirasse molta confidenza quella figura strana, che non potevo ben distinguere, mezzo coricata com'era sul piedestallo d'una colonna. Basta, al rumore de' miei passi, giacché mi dirigevo verso di lui, l'uomo si scosse d'improvviso, guardandomi, direi, con un senso di sbigottimento, per cui naturalmente presi coraggio e lo interrogai. Dalle sue risposte, fattemi con poche parole interrotte e con voce piú tremante che spaventevole, capii ch'era un viaggiatore smarrito fra questi monti, e che desiderava di essere presentato a monsignore, probabilmente per chiedere un poco di ricovero.

ABATE Il ricovero non si niega ad alcuno... ma però, siccome vi sono ancora dei banditi, i quali vanno scorazzando la montagna...

GAETANO Mi pare senz'armi, a meno che non le portasse nascoste...

ABATE Come veste?

GAETANO Presso a poco alla foggia dei nostri montanari. Stivali larghi, lungo tabarro e cappello calabrese, il tutto però in cattivo stato. È alto della persona, ha viso bruno, scarno, affilato, occhi piuttosto grandi, barba ispida, lunga...

ABATE L'età?

GAETANO Questa poi... forse sopra i quaranta... Insomma è un essere straordinario, perché avendolo meglio osservato al chiarore della lucerna, mi ha fatto una impressione diversa, singolare. La sua fisionomia non ha un carattere deciso: non si sa precisamente se esprima la ferocia, il disprezzo, la malinconia, la pietà, il rimorso... Ma forse tutte queste cose nel tempo stesso. Potrebbe anche darsi che appartenesse ai banditi; in questo caso lo giudico ammalato, perché il suo respiro è affannoso, si regge poco sulle gambe, probabilmente a cagione della stanchezza. Ma, ad ogni modo, se monsignore volesse interrogarlo...

ABATE Certo che lo voglio. La vostra descrizione ha risvegliata la mia curiosità. Andate ad introdurlo... però, non senza ordinare alla mia gente di stare sull'avviso.

GAETANO Ciò resta inteso, monsignore (*esce*).

ABATE Un bandito? chi sa!... Ma di che dovrei temere? i banditi, in fondo, non sono poi cattiva gente; hanno molta divozione; recano sempre indosso qualche medaglia benedetta... e non è gran tempo che prestarono servigi importantissimi alla causa del Sanfedismo - dunque... mi pare che venga.

Scena terza

Gaetano che introduce Corrado, ed il suddetto.

GAETANO (*a Corrado*) Eccovi monsignore.

ABATE Venite avanti, galantuomo; non abbiate timore. Siete stanco? dategli da sedere (*Gaetano eseguisce*).

CORRADO Grazie, monsignore (*siede*). Grazie anche a voi (*a Gaetano*).

ABATE (*a Gaetano*) Lasciateci. (*Gaetano esce. L'abate l'osserva attentamente*) (Gaetano aveva ragione, la sua fisionomia ha un carattere singolare). Orsú, parlate, chiedete ciò che vi occorre da me.

CORRADO Nient'altro che un po' di ricovero per questa notte, un po' di riposo. Ho camminato tutto il giorno ed il tramonto mi sorprese sulla china della montagna, davanti alle guglie di questo tempio. Allora i tocchi dell'*Ave Maria* risvegliarono nel mio cuore le memorie dell'infanzia... ed ho sentito il bisogno di entrare in un luogo santo. Dopo molti anni ho pregato!

ABATE Dopo molti anni?... ciò non va bene, e per questo, sia ringraziato il Signore che vi ha condotto fin qui; forse io potrò giovare alla vostra anima.

CORRADO Alla mia anima ci penso io.

ABATE Se è inferma, io la guarirò.

CORRADO Guarirla?... Non lo credo, monsignore...

ABATE E perché?... quando si sente il rimorso...

CORRADO Il rimorso?... io?

ABATE Non trasalite cosí, figliuolo - quietatevi.

CORRADO Quiete! rimorso!... monsignore mi crede un delinquente!

ABATE No; ma in tutti i casi abbiate confidenza in me; siete in un luogo ben sicuro - la mia abbazia gode tuttora il privilegio d'immunità...

CORRADO Mi è noto.

ABATE Ed è per questa ragione che siete entrato?

CORRADO Vi dissi che sono entrato per chiedere una notte di ristoro. - Volete accordarmela, sí o no?

ABATE Sí, figliuolo - io vedo in voi piú l'uomo del dolore che quello della colpa, e vi so dire che m'inspirate molto interesse. La vostra fisionomia, benché alterata, forse dai patimenti, mi prova abbastanza che la vostra condizione non è tanto umile, come indicherebbero questi abiti... che indossate... per caso.

CORRADO Per fatalità! - Sventuratamente non sono figlio dei monti; non fui molto agiato, ma esercitavo una nobile arte.

ABATE Quale?

CORRADO La pittura.

ABATE Siciliano?

CORRADO Non lo fossi stato mai!

ABATE Avete famiglia?

CORRADO L'avevo!

ABATE Ed ora siete solo?

CORRADO Solo?... Ah! guai a me se... Basta cosí, monsignore. Non ho che una speranza - lasciatemela. Le vostre interrogazioni mi sembrano quelle di un giudice; voi mi fate paura - tacete. Vi ho chiesto un po' di ristoro pel mio corpo, ma non vi ho dato il diritto di avvelenarmi l'anima. Che v'importa di sapere piú in là? io non sono per voi che l'apparizione di una notte; domani, svegliandovi, non mi ritroverete piú. Suvvia, monsignore; non vi chiedo che poca paglia, un pane bianco ed una brocca d'acqua, per ispegnere l'ardore che ho nel sangue - non mi abbisogna altro.

ABATE Che dite? voi sarete trattato come merita lo stato vostro... ma siccome vorrei pure giovarvi meno materialmente, cosí desidero di sapere dove siate diretto.

CORRADO Verso l'Etna, a Catania.

ABATE Se avessi delle cognizioni un poco piú esatte sulla vostra persona, potrei dirigervi...

CORRADO Grazie.

ABATE È la prima volta che vi recate in quella città?

CORRADO Vi sono nato.

ABATE Allora ditemi - è un'ultima interrogazione. Conosceste voi a Catania un giovane per nome Fernando Merrano?

CORRADO Mi sembra di ricordare questo nome... Ma dopo tanto tempo... egli studiava le leggi?

ABATE Appunto.

CORRADO Sí, ci siamo conosciuti e fummo anche amici.

ABATE Amici? allora io vi sarò utile - vostro malgrado. Sappiate che quel don Fernando è figlio d'una mia sorella, e si trova all'abbazia, presso di me.

CORRADO (*sorpreso e con dispiacere*) Qui?... che me ne importa? ho bisogno di riposo - è la terza volta che ve lo dico - fatemi condurre al giaciglio del vostro cane.

ABATE Abbiate un poco di sofferenza; mio nipote vi rivedrà con piacere - ora lo farò chiamare.

CORRADO Non voglio vedere alcuno, non voglio essere esaminato - lo fui abbastanza da voi.

ABATE Permettete che vi usi questa violenza. (*Suona il campanello e comparisce Gaetano*) Avvisate mio nipote di venir qui sul momento; ditegli che un suo amico di Catania desidera di vederlo.

GAETANO (Suo amico? allora sapremo chi è) (*esce*).

CORRADO Monsignore, avete poca carità: vi è nota la mia condizione civile, mi vedete in sí misero arnese, e ciò non v'impedisce di espormi alle interrogazioni di un indiscreto, alla vergogna... mi fate pagar cara l'elemosina. Ma anche il povero ha la sua superbia - per Dio! - e giacché mi accorgo di essere entrato nella casa degli inquisitori io ne uscirò tosto (*con malgarbo si muove per partire*).

ABATE Di grazia, fermatevi. Se non mi aveste detto di essere nato a' piedi dell'Etna, ora lo indovinerei da questa vostra natura accensibile. Non va bene; moderatevi, amico, perché con simili temperamenti si commettono errori... e molte volte delitti.

CORRADO Delitti?... (*Calmandosi, ed appoggiato il gomito allo schienale della sedia*) È vero!

ABATE (*fissandolo*) (Ciò è bastato a calmarlo... Eh, forse...) (*Avvicinandosi a Corrado*) Dunque, io vi lascio con mio nipote, giacché mi pare che venga.

CORRADO (*a capo basso*) Come comanda monsignore.

ABATE Con un amico avrete maggior confidenza. (*Partendo dice fra* sé) (Ed io saprò se si può credere ai presentimenti) (*entra a destra*).

CORRADO (*sollevando lentamente il capo*) *Vi* sono delle parole che agghiacciano! Che dirò a costui? che mi dirà egli?... Ah! forse potrebbe darmi qualche indizio... Se quelle due creature vivono, io camminerò tanto, finché le avrò raggiunte... se sono morte, andrò a cercarle sotterra... ho meco quanto basta per dormire eternamente con loro.

Scena quarta

Don Fernando, Gaetano, e detto.

FERNANDO (*appena entrato dice a Gaetano*) Dov'è l'abate?

GAETANO Si sarà ritirato per lasciarvi in tutta confidenza coll'incognito, che si dice amico vostro - eccolo lí.

FERNANDO (*sorpreso dalla foggia di vestire di Corrado*) Quello?...

GAETANO Appunto; io mi ritiro, ma se avete bisogno chiamatemi (*esce*).

FERNANDO Un montanaro?... basta... (*Si avanza e considera Corrado*) (Non lo ricordo). - Amico, dove ci siamo conosciuti?

CORRADO A Catania.

FERNANDO Sono molti anni?

CORRADO Molti.

FERNANDO (*osservando con maggior attenzione*) Eppure una rimembranza confusa... mi pare...

CORRADO Infine, sono Corrado.

FERNANDO Corrado?... sí certo... Abbracciamoci dunque... ma... direi che è un sogno ben istrano... Voi?... come vi siete cangiato?

CORRADO E voi no - la ragione è chiara; non avete sofferto.

FERNANDO Può darsi. Infatti il vostro abbigliamento è alquanto singolare... E come va che?...

CORRADO Vicende crudeli...

FERNANDO Capisco... mi è noto.

CORRADO (*subito con apprensione*) Che cosa vi è noto?

FERNANDO (*correggendosi*) Quasi nulla... so che avete sofferto... questo già lo si capisce guardandovi... (Non vorrei commettere imprudenze... cosa viene a fare? scaviamo).

CORRADO Che pensate fra voi?

FERNANDO Penso alla combinazione, che, a dir vero, è assai stravagante, perché mai piú mi sarei immaginato di rivedervi presso l'abate mio zio, del quale non ricordo di avervi mai parlato, e qui poi, ai piedi degli appennini, in un paese che... Su via, raccontatemi qualche cosa. Dove siete stato finora? da dove venite?

CORRADO Non lo so.

FERNANDO Ciò è anche piú singolare della vostra apparizione... Ma, permettete; mi sovviene benissimo, che allorquando partii da Catania per avviarmi a Roma, vi lasciai ammogliato.

CORRADO Lo ero!

FERNANDO E quella vostra moglie, che per quanto mi ricordo era buona, bella...

CORRADO Molto bella!

FERNANDO Dove si trova adesso? è morta?

CORRADO (*subito*) Spero di no!

FERNANDO Sperate?... ma dunque... forse vi siete corrucciati? forse una separazione?

CORRADO Una separazione!

FERNANDO E il motivo?

CORRADO Orribile.

FERNANDO Orribile?... potrei saperlo?

CORRADO No.

FERNANDO Pazienza. E adesso pensate di avviarvi a Catania?

CORRADO Sí.

FERNANDO Probabilmente nella lusinga di ritrovarvi la moglie...

CORRADO E la figlia!

FERNANDO (*sorpreso*) La figlia?

CORRADO Sí; la mia Ada, che non ho veduta da tredici anni... io volevo chiedervi conto di loro, ma sfortunatamente mi accorgo che ignorate...

FERNANDO Non del tutto.

CORRADO Don Fernando, che dite? vivono esse? presto parlate - a Catania?

FERNANDO Cioè... ecco, mio buon amico; io potrei dirvi qualche cosa della moglie... ma della figlia poi...

CORRADO Vivrà colla madre.

FERNANDO No veramente.

CORRADO Dunque avete veduta Rosalia?

FERNANDO L'ho veduta, e se è vostra intenzione di ricongiungervi a lei...

CORRADO E perché ho camminato tanto?

FERNANDO Allora fermatevi.

CORRADO Fermarmi? qui?

FERNANDO Qui dove vive Rosalia.

CORRADO (*esaltato*) Rosalia è qui? non m'ingannate?... L'ho ritrovata sí presto?

FERNANDO Ohimè!... vi vien male? forse sono stato imprudente.

CORRADO Al contrario... egli è che la mia fibra si è fatta sí debole... Rosalia!... Ma Ada?...

FERNANDO Vi ho detto che la figlia non c'è.

CORRADO Ne siete sicuro?

FERNANDO Sicurissimo.

CORRADO Ah, buon Dio! sarà morta; era assai gracile... la povertà, l'inedia avranno consumato quel suo corpicino... tutto fu inutile - non la vedrò!

FERNANDO Chi sa... potrebbe vivere in una qualche casa di educazione... Calmatevi, saprete meglio da Rosalia.

CORRADO È vero, potrebbe vivere... vivrà - perché rinunziare alla speranza? ho bisogno che viva... Orbene, conducetemi tosto da Rosalia.

FERNANDO Adagio un poco... Cosí all'impensata... di notte... senza prima sapere se...

CORRADO Avete ragione; vi sono molte cose a sapersi - molte, don Fernando! - Rosalia sarà disposta ad accogliermi?... avrà dimenticato?... Oh! è impossibile; io le farò orrore.

FERNANDO Orrore poi... Eh! perbacco, vi siete amati con tale trasporto che... l'amore, in fin de' conti, perdona tutto.

CORRADO Tutto?

FERNANDO Sí, tutto... d'altronde Rosalia è stata sempre sí buona...

CORRADO È buona ancora? mi ha ricordato mai?... dite... Non lo sapete? - Un'altra interrogazione vorrei farvi. - Rosalia sarà povera, è vero?... Come è vissuta? come vive?

FERNANDO Vive in qualità di aia.

CORRADO Aia? mia moglie! - e presso chi?

FERNANDO Presso un'ottima persona.

CORRADO Una donna?

FERNANDO (Ahi!) No, un uomo - è il medico Arrigo Palmieri, il quale avendo una figlia... una cara giovinetta...

CORRADO È ammogliato?

FERNANDO Vedovo.

CORRADO Vedovo?... e quanti anni avrà?

FERNANDO Trentasei, forse...

CORRADO E giovine ancora?... e Rosalia è l'aia di sua figlia!... aia solamente?

FERNANDO Credo - ne sono certo.

CORRADO (*stringendogli la mano*) Grazie, don Fernando. - Ma dopo tant'anni!... Ahimè! Rosalia ne aveva diciannove quando io la lasciai...

FERNANDO E ciò che vuol dire?

CORRADO Me lo domandate? vuol dire che Dio, nella sua sapienza, rese eterno il sonno della morte, ed ha fatto bene... Guai se gli estinti potessero risvegliarsi!

FERNANDO Che strane idee son queste?

CORRADO Non tanto, o amico, perché io avrei dovuto dormire per sempre.

FERNANDO Non vi comprendo, in fede mia... Ad ogni modo confortatevi; Rosalia è pur sempre vostra moglie, e spero che verrà con voi, dovunque vi piacerà di andare.

CORRADO Dovunque? con me?

FERNANDO Credetelo fermamente; per esempio, mi pare che potreste recarvi con lei a Catania, presso la sua famiglia...

CORRADO Quale famiglia?...

FERNANDO Forse i genitori di Rosalia non esistono piú? ma vivrà per lo meno, il fratello di lei, Alonzo...

CORRADO (*scosso grandemente*) Alonzo?... qual nome profferiste! Alonzo!... (si *lascia andare sulla sedia, coprendosi il viso colle mani*).

FERNANDO Corrado, perché questo sbigottimento eccessivo?... Insomma io non capisco... non so piú che dire...

Scena quinta

L'abate ed i suddetti.

FERNANDO Monsignore, venite in buon'ora.

ABATE Ebbene, chi è questo amico vostro?

FERNANDO Chi è?... consolatevi, perché ci occorre, appunto la vostra santa opera: trattasi di perdono, di riconciliazione.

ABATE Di riconciliazione?

FERNANDO Sí; giacché io vi presento il marito di Rosalia.

ABATE (*scosso*) Che cosa dite?... Ah! se fosse vero!... Ma il marito di Rosalia, del quale ignoro il nome, trovasi però condannato a vita nell'ergastolo di Napoli.

CORRADO (*alzatosi con impeto*) Monsignore, chi vi ha detto?...

FERNANDO (*con grande stupore*) Corrado?...

ABATE E voi siete quel desso?... ma come mai? sarei stato prevenuto? vi fu condonata la pena? Parlate con confidenza; siamo in luogo sicuro.

FERNANDO Noi vi salveremo a qualunque costo. Sareste fuggito?

ABATE Ditelo pel vostro meglio.

CORRADO Ebbene, che giova il negarlo? sono fuggito.

ABATE Ah! ciò va a seconda de' miei desideri; perocché sappiate, mio caro, che lo stato incerto, infelice, pericoloso di Rosalia mi aveva intenerito siffattamente, che coll'aiuto del confessore di Sua Maestà, mi disponevo ad impetrare la vostra liberazione, ed ero certo di ottenerla. Ma questa fuga non distruggerà i miei progetti - al contrario. Informatemi delle circostanze che accompagnarono la vostra disgrazia, le quali, siccome spero, mi faciliteranno i mezzi per riuscire nell'intento, e farvi ottenere un salvocondotto; vedrete. Da bravo, dunque; raccontateci tutto - poi vi condurremo al riposo, e domani vi troverete in caso di fare una dolce sorpresa a vostra moglie, che certamente non vi aspetta... Ah! io ne godo in anticipazione!

CORRADO Riaprirò la piaga, don Fernando vi avrà già informato di ciò che riguarda il mio matrimonio...

ABATE Poco mi disse.

FERNANDO E poco ne sapevo. Ricordo solamente che amavate Rosalia da forsennato, ch'essa pure vi amava, contro il divieto de' suoi genitori, ai quali non garbava punto il vostro umore fantastico, il vostro carattere fiero, violento: che voi senza tante cerimonie, e poco badando alle conseguenze, una bella notte rapiste Rosalia alla sua famiglia, e ve la siete sposata. Ecco quanto mi è noto; in seguito partii da Catania, e non seppi piú nulla dei fatti vostri.

CORRADO Fu meglio cosí. - Vi lascio immaginare il dolore, che provarono i genitori di Rosalia, l'odio che concepirono contro di me. Era giusto, ma allora non mi sembrava cosí. Mia moglie aveva un fratello per nome Alonzo, il quale era riuscito ad intenerire il cuore di suo padre... ma non verso di me. L'onesto vecchio avrebbe volentieri perdonato alla figlia, l'avrebbe riaccolta in casa, se si fosse decisa a lasciarmi. Rosalia, già divenuta madre di una vaga bambina... resisté coraggiosamente ai consigli, alle preghiere, non meno che alle minacce... ma invano, perocché decisero di rapirmela ad ogni costo, ed Alonzo se ne tolse l'incarico. Fui avvertito della trama da un vecchio servo della famiglia, che già aveva favorita ed agevolata la fuga di Rosalia dalla casa paterna. Una notte... era la notte fatale destinata da Alonzo al rapimento della sorella - io mi appostai sulla cantonata, e vedutolo, mentre si dirigeva per entrare in mia casa, gli chiusi il passo, in modo che, pel suo meglio, avrebbe dovuto retrocedere sul momento... ma invece lo sventurato ebbe l'imprudenza di minacciarmi... minacciar me, egli, in quel luogo, in quell'ora!... Subito le mie braccia diventarono d'acciaio come la lama dello stile, che già serravo nel pugno. Al grido di Alonzo, si spalancò la finestra, e vi comparve Rosalia spaventata, esclamando: "Corrado, rispetta mio fratello!..." A quel secondo grido i miei occhi infoscati non videro piú che sangue... e difatti la mia lama aveva già spaccato il cuore di Alonzo.

FERNANDO Che orrore! capisco adesso perché poc'anzi trasaliste in quel modo!

ABATE Infelice, continuate.

CORRADO Avevo appena consumato l'omicidio che la giustizia divina era là per vendicarlo, giacché fui arrestato sul fatto dalla pattuglia che passava per caso. Il mio processo fu breve; le prove non mancavano; le circostanze rendevano piú grave la colpa, anche per la resistenza da me opposta ai soldati. Venni condannato a vita, e condotto nella casa di forza a Napoli.

ABATE I giudici avrebbero potuto mitigare la pena, perocché, a mio avviso, se fu grave la colpa, apparteneva però meno al cuore che al temperamento.

CORRADO Può darsi - ed infatti non giunsi mai a domarlo, perché il vizio era nel sangue. Tredici anni di lavori forzati non fecero che aggiungere fiele a questa lava che mi scorre ancora per le vene. Per cui vi avete a figurare ciò che abbia patito un uomo, quale io mi sono, giovine allora di ventotto anni, artista, marito, padre, costretto come una fiera dal guinzaglio di ferro, ribadito nel masso della carcere. La mia immaginazione mi fu sempre fatale, e nell'ergastolo addoppiava i miei tormenti. Vedevo Rosalia sola, spregiata, mendica... ma giovine e bella! - Quindi, o costretta a vivere col pane della elemosina, o con quello della colpa... m'intendete voi? E mentre nel bagno urlavo per gelosia, la sferza dell'aguzzino, invece di punire l'omicida, flagellava il marito. - Non basta. - Avevo lasciata la mia figliuolina Ada, dell'età di un anno, o poco piú, grama, pallida come un angioletto di cera, e me la figuravo ora stesa sopra un letto di giacinti recata al cimitero; ora coperta di cenci, stretta ai fianchi della madre, nell'atto di stendere le sue manine ai passeggeri; e spesso invece, tutta ben vestita, vispa, saltellante in una bella casa, intenta a prodigare le cure e l'affetto di figlia ad un ricco signore, ganzo della madre... e quest'ultimo pensiero, incessante, questo orribile sogno bastava per condurmi al delirio.

ABATE Lo credo - e per verità, se la vostra immaginazione non vi avesse ingannato... Ah, pover'uomo!... Ma in seguito?

CORRADO In seguito pensai al modo di fuggire. Quest'idea fissa, tanto naturale nel prigioniero, questo enigma che non riuscivo a sciogliere, questo lavoro assiduo, ostinato, mi produsse una lenta febbre cerebrale. Allora il Reale commissario soprastante alle carceri, ch'era stato intimo amico di mio padre, sentí compassione di me, e mi fece trasportare in un carcere piú umano, dove ero solo e trattato con un poco di carità, poiché fui anche sollevato dalle catene. Guarito dalla febbre ritornai alla prima idea, al consueto lavoro. Mi diedi ad esaminare il piccolo carcere, ch'era piuttosto una cella penitenziaria, e vidi che l'unica ferriata non era molto alta. Coll'aiuto di un tavolo, che mi avevano recato per collocarvi i medicamenti, mi arrampicai, e mi accorsi con gioia che al di là del muro si trovava un cortile, poi subito la campagna. Non ero piú sorvegliato, perché fingendomi tutt'ora infermo, non si credeva che mi bastassero le forze per alzarmi dal mio giaciglio, dove stavo coricato tutto il giorno per ingannare quelli che venivano a visitarmi, ma nella notte simile al paziente meccanico, proseguivo con diligenza il mio lavoro, che cresceva, cresceva. Oh! nessuno sa quanta forza acquistino le facoltà del prigioniero, nessuno sa che le sue unghie diventano lime e scalpelli! Ma la catena stessa, che per buona fortuna, i secondini avevano sospesa al muro, mi fu strumento di liberazione, perché mi sono servito de' suoi lucchetti, de' suoi anelli per iscalcinare le pietre, che tenevano confitte le spranghe della ferrata. Alla perfine mi riuscí di smuoverne una - con questa sollevai la seconda, poi la terza, la quarta... l'adito era aperto, ma bisognava spiccare un salto pericoloso. Qui pure mi giovò la catena, giacché avendola raccomandata alle spranghe rimaste, mi calai facilmente nel cortile, e da questo, piú facilmente ancora, guadagnai la campagna.

FERNANDO Ottimamente.

ABATE M'immagino ciò che avrete provato dentro di voi vedendovi libero!

CORRADO No, non lo potete. Bisogna essere stati sepolti vivi per tredici anni. Bisogna aver contati quei lunghi anni, ora per ora, aver desiderato la libertà, la famiglia, l'aria, il sole!... Io mi sentivo sano, robusto, felice! la mia fronte si rinfrescava, i miei polmoni si dilatavano dentro a quella atmosfera imbalsamata dagli aliti di tante esistenze! - Del resto è inutile che vi parli. Camminando tutta la notte, ben presto mi posi in salvo fra le gole delle montagne. Un buon abruzzese mi forní queste vesti, un altro assai ricco e caritatevole, un po' di danaro e per tal modo, sulla cresta degli appennini, mi strascinai fin qui.

ABATE La provvidenza vi ha assistito finora. Voi vedete dove vi ha condotto - presso vostra moglie.

FERNANDO Dunque coraggio.

CORRADO Coraggio?... io ne ho avuto molto, vorrei averne ancora... ma da che intesi che la mia Ada non vive con sua madre, nella casa di questo medico...

ABATE La vostra Ada?... Aspettate... secondo quello che ho inteso, la giovanetta dovrebbe avere quattordici anni...

CORRADO Sí.

ABATE Presso a poco l'età della fanciulla, che, per quanto si è fatto credere, il medico ha dato in custodia alla vostra Rosalia... Ma riflettete bene - siccome la figlia legittima del dottore Palmieri cessò di esistere da lungo tempo...

FERNANDO Come?

ABATE (*andando allo scrittoio*) Tengo presso di me l'atto mortuario, che ho già reso ostensibile al medico, e...

CORRADO (*subito, infiammandosi*) Ma chi è dunque la madre della fanciulla?...

ABATE Mah!...

CORRADO Per l'anima vostra, spiegatevi!...

ABATE Buon Dio! come vi lasciate subito trasportare dalla vostra immaginazione meridionale!... Io che non sono sí facile a supporre il male, volevo dire solamente che la vostra Ada potrebbe vivere nella pretesa figlia...

CORRADO Ada?

FERNANDO Diavolo!... questo è impossibile.

ABATE Chi sa!... fra le varie spiegazioni che si possono dare ad un mistero...

CORRADO La mia Ada credersi figlia di un altro? amare un altro?... Non erano visioni d'inferno le mie?...

FERNANDO Lo erano, siatene certo.

ABATE Voi avrete bene un qualche indizio per riconoscere vostra figlia.

CORRADO Ahimè! quale? vi dissi che aveva poco piú di un anno, quando la lasciai.

ABATE Certo che... ma, infine, di quali indizi ha bisogno un padre? la natura stessa...

CORRADO Ah! è vero - il cuore mi dirà... Che potrà mai dirmi dopo tredici anni?

ABATE Allora interrogherete Rosalia - la madre vi renderà ragione della figlia, la moglie di sé stessa.

CORRADO Di sé?...

ABATE Sono questi i vostri diritti.

CORRADO I miei diritti? non lo so, monsignore; posso dirvi, però, che desiderai tanto, che tanto ho fatto per rivedere mia moglie, ed ora che le sono vicino, tremo, vorrei fuggire, ritornare nel carcere.

ABATE Perché?

CORRADO Vi dico che non lo so.

FERNANDO Via, Corrado, voi siete troppo agitato, siete debolissimo; vi occorre una buona tavola, ed un ottimo letto.

ABATE Sia vostra cura di fargli apprestare l'una e l'altra. Domani poi... Coraggio, la misericordia del Signore è grande.

CORRADO Ma la sua giustizia?... è l'una o l'altra che mi ha qui strascinato?... lo saprete domani! (*esce con don Fernando*).

ABATE Domani il leone avrà riacquistate le forze... e noi - signor dottore - riprenderemo il nostro discorso (*entra*)

ATTO TERZO

La scena dell'atto primo.

Scena prima

L'abate entra seguito da Agata.

ABATE Nemmeno oggi il medico è in casa?

AGATA Gliel'ho detto, monsignore. È questa l'ora consueta delle visite, e non ritornerà sí presto, perché non fa solamente il medico, ma il moralista, il pervertitore; risana i corpi, e infetta le anime.

ABATE Ancora per poco.

AGATA Cosí piacesse a Maria santissima! Dunque se monsignore si degna di aspettarlo anche oggi...

ABATE Ne farò a meno - chiamatemi colei.

AGATA Subito. - E quando cesserà lo scandalo?

ABATE Presto.

AGATA Cosí sia! (*entra a sinistra*).

ABATE Lo scandalo crescerà, forse. Ciò dipende dalla risposta che mi darà Rosalia. - È un dramma che può finire o incominciare. - Vedremo.

Scena seconda

Rosalia ed il suddetto.

ROSALIA Il signor abate mi ha fatto chiamare. Ma egli è con me che desidera d'intrattenersi o col signor dottore?

ABATE Col dottore parlai abbastanza ieri mattina.

ROSALIA Troppo.

ABATE Può darsi. Nullameno tranquillizzatevi; non mi occorre piú di rivolgervi alcun rimprovero, giacché la vostra posizione in questa casa, grazie alla divina provvidenza, sta per cessare intieramente.

ROSALIA So infatti che monsignore ha avuto la carità d'ingiungere al mio benefattore di scacciarmi siccome una vile mantenuta. Io potrei invocare l'appoggio della legge civile, che certamente troverei piú umana della vostra: forse una mia parola, fors'anche l'alito delle mie labbra basterebbe ad appannare la falsa aureola di santità che vi trema sulla fronte... ma voi sapete che sono virtuosa - cosí fra voi e me, bisogna che lo confessiate, non vi è permesso di guardarmi con quella sicurezza, colla quale vi guardo io... Questa vittoria mi basta, monsignore; non voglio cercarne altra, ostinandomi in una lotta, la quale riuscirebbe funesta a persone, che io non posso rendere infelici per cagion mia... no, sono pronta a partire.

ABATE Partirete se questo sarà il vostro piacere - ma almeno non partirete sola.

ROSALIA E chi mi accompagnerà?

ABATE Vostro marito.

ROSALIA Monsignore si prende anche giuoco di me?

ABATE Tutt'altro, mia cara.

ROSALIA Ella ormai non ignora in qual luogo d'ignominia si trovi l'uomo che, fatalmente, fu mio marito.

ABATE Fu?... lo è sempre, figliuola, mai tanto è vero che, non potendo resistere al desiderio di rivedervi, trovò l'ardire nella disperazione, e col divino aiuto pervenne a frangere i ceppi dell'ergastolo, non solo, ma fino da ieri sera si è ricoverato alla mia abbazia.

ROSALIA (*con estrema meraviglia*) Corrado?... ma è possibile? è vero?

ABATE Potrei ingannarvi in cosa di sí gran momento?

ROSALIA Corrado è qui?... ma come? perché è venuto? chi cerca?

ABATE La sua famiglia.

ROSALIA La sua famiglia!

ABATE Appunto - ma io sono ben sorpreso, per non dire scandalizzato nel vedervi a ricevere con simile disgusto la nuova che mi diedi la premura di recarvi - ne ero sí lieto! - Ah! mio Dio! ogni altra moglie mi avrebbe ringraziato.

ROSALIA Ogni altra fuori di me.

ABATE Badate bene a quello che dite.

ROSALIA E monsignore prima di giudicare sappia...

ABATE So che Corrado ebbe la disgrazia di uccidervi un fratello, ma...

ROSALIA E dopo ciò ardisce di credere che quell'uomo abbia ancora una famiglia? che io sia sua moglie? che debba seguirlo?

ABATE Sí, credo tutto questo, perché una legge divina mi autorizza a crederlo.

ROSALIA Non può essere divina, perché nel mio caso sarebbe ingiusta e disumana. Spero che monsignore non vorrà calunniare Dio.

ABATE Vedo che beveste a larghi sorsi ad una fonte impura, pestilenziale... Ma vedo anche altra cosa - la difficoltà della posizione in cui si trova quell'uomo, piú infelice che colpevole. Ricomparire nella società, dopo tredici anni di assenza e di obblío... trovarsi cosí d'improvviso - troppo d'improvviso - al cospetto di una moglie, ancor giovane, bella, che ha saputo consolarsi... Ahimè! non è una dolce sorpresa, non un bel giuoco, nemmeno per la moglie - ma ci vuol pazienza. Inoltre è meglio partire con un marito qualunque che sola e discacciata.

ROSALIA Preferisco il secondo caso.

ABATE Non avete il diritto della scelta. A quanto pare, dimenticaste affatto la natura gelosa, violenta di Corrado...

ROSALIA Verrebbe ad usarmi violenza?

ABATE Non avrà questa intenzione, perché è pieno di amore per voi... ma non conviene percuotere la selce se si temono le faville. Prima ch'egli venga a prendervi, voi stessa andate da lui... o, per meglio dire, venite, io vi condurrò fra le sue braccia.

ROSALIA Fra le sue braccia? io?

ABATE Ascoltate. Per ora, vostro marito nulla ha da temere. Qui nessuno lo conosce, nessuno lo scoprirà. Di piú, io gli ho promesso di fargli ottenere un salvacondotto, e sono certo di riuscirvi; cosicché, sotto altro cielo, voi potrete ancora essere felici. Non vi pare che io renda bene per male? Or dunque approfittate del mio consiglio - venite.

ROSALIA (*dopo aver riflettuto*) È impossibile.

ABATE (Tanto meglio!) Badate, però, che verrà egli stesso, perché è già poco lontano di qui.

ROSALIA Qui? egli? Ah no!...

ABATE E dovrete rispondere alle sue interrogazioni... ne avrà molte da farvi. Per esempio, bisognerà confessargli a chi appartenga la giovinetta misteriosa... dirgli che sia avvenuto della sua piccola Ada...

ROSALIA (*sbigottita*) Di Ada?

ABATE Certo - egli la ricorda, la desidera, la vuole e... basta; ad ogni modo, son ben contento di avervi prevenuta. Vi resta un po' di tempo per fare il vostro esame di coscienza, per prepararvi ad un colloquio, che è assolutamente difficile e potrebbe assumere l'aspetto di un giudizio e di una condanna. - Addio, mia signora.

ROSALIA E che gli direte voi frattanto?

ABATE Che lo aspettate con desiderio infinito.

ROSALIA No, ditegli piuttosto che non venga, che rispetti il mio stato, che abbia compassione di me.

ABATE Dovrei commettere una simile imprudenza? pungere il leone, del quale ho già ascoltato il ruggito? No, pensateci voi, mia cara, e disponetevi a riceverlo con mansuetudine. (*Uscendo dice fra sé*) (Il colpo non può fallire).

ROSALIA Corrado! rivedere Corrado?... Ah! direi che è un sogno, dal quale non mi è dato di risvegliarmi intieramente. Dopo quella orribile notte, dopo tanti anni, rivederlo, parlargli? oggi, qui! - Io credo che non ne avrò la forza; mi mancheranno le parole, mi mancherà il coraggio di guardarlo - guardarlo io?... oh mai! - L'abate aveva ragione, io dovrei rispondere a molte interrogazioni - e come? con che viso? con quali parole? rispondere a lui!... dirgli... che dirgli di Ada? nulla? tutto?... Per fatalità, il dottore non è in casa, non posso consigliarmi... Vorrei fuggire o almeno nascondermi - ma potrebbe esser peggio... E d'altronde ho io veramente il diritto di fuggire, di respingerlo, di negargli le consolazioni che viene a cercare?... non l'ho amato io? non sono fuggita con lui dalla casa di mio padre?... Ah purtroppo! il nostro amore ha partorito il delitto... Eppure, senza la situazione strana, spaventevole nella quale mi trovo, io sento nel mio cuore che volerei incontro a Corrado per aprirgli le braccia... ma, mio Dio! Corrado viene ora a prendermi tutto, a rapirmi... (*vedendo comparire Emma, si arresta visibilmente commossa*)

Scena terza

Emma e la suddetta.

EMMA (*accorgendosi dell'alterazione di Rosalia, le corre vicina*) Che cos'avete, mia buona Rosalia?

ROSALIA Nulla, cara Emma.

EMMA Nulla? veramente?... eppure mi sembrate piú malinconica del solito, e mi fa tanto dispiacere - via abbracciatemi un poco - non lo merito?

ROSALIA Voi*? (abbracciandola).*

EMMA Ma voglio anche un bacio, altrimenti crederò di essere stata cattiva. (*Rosalia la bacia*) Mi avete bagnata di lagrime; guardate (*raccogliendo sul dito una lacrima e mostrandola a Rosalia*). Perché piangete? perché mi guardate con tanta compassione? sono pallida io? mi credete malata?

ROSALIA No...

EMMA Ma dunque?... Oh! anche il papà, da qualche giorno ha perduto il suo buon umore; mi trascura, si dimentica di baciarmi, quando gli presento i miei fiori. - Sta troppo fuori di casa, e poi quando ritorna è serio, taciturno, non si accorge che io gli vado dietro sulla punta de' piedi, per fargli una burla... Ma, mio Dio, che cos'ha egli mai? è in collera con me? gli ho dato qualche dispiacere?

ROSALIA Voi?... poverina! e quale?

EMMA Forse è minacciato da una disgrazia? oh! parlate se lo sapete - parlate.

ROSALIA Una disgrazia?... non credo... povera Emma! Voi amate molto vostro padre - è vero?

EMMA Lo amo tanto, che non posso dirlo - già voi lo sapete. Vi ricordate, quando il cattivo si era provato a mandarmi nell'Istituto di Napoli?... quanto tempo vi sono rimasta? sei mesi - e poi è stato costretto a levarmi di là, perché non potevo vivere fra persone straniere, senza sorrisi, senza baci, io che ho bisogno ogni mattina, di volare come una lodoletta nello studio del papà, di saltargli al collo, di dargli i miei baci e di riceverne altrettanti. Sentite: se è vero che le fanciulle, quando si fanno le spose debbano uscire dalla casa paterna, io non mi farò sposa: no, non posso comprendere come una figlia si rassegni a lasciare i suoi genitori per andare con un uomo, che ha appena veduto... che cattiva figlia! - Ebbene, Rosalia? perché vi accigliate cosí? ho detto delle brutte parole io?

ROSALIA Tutt'altro, figlia mia!

EMMA Ah? cosí mi piace - figlia! questo nome sulla vostra bocca mi riesce sí caro! quando le vostre labbra lo proferiscono, io le bacerei, come le bacio adesso (*Le bacia la bocca*). Vi ho pregata tante volte di chiamarmi sempre figlia, e voi non ve ne sovvenite quasi mai. - Ma perché? non sapete che chiamandomi figlia, mi fate dimenticare la mia disgrazia? Oh! ascoltate, voglio dirvi una cosa, ma non mi sgriderete, è vero? Una notte, cioè per varie notti, ho sognato che voi eravate proprio la moglie del papà, e per conseguenza, mia madre... io era seduta fra voi due; mi divertivo a legarvi con una bella ghirlanda di rose... era tutta felice!... All'indomani mi svegliai, corsi allo studio del papà... era solo, e piansi tanto fra le sue braccia!

ROSALIA Ah!... (*estremamente commossa, senza poter proferire parola, abbraccia e bacia Emma con trasporto; quindi per nascondere la commozione eccessiva, che non potrebbe piú reprimere, fugge rapidamente nella sua camera*).

EMMA Mi fugge via... ma mi ha abbracciata e baciata in un modo affatto nuovo... le sue labbra fremevano... Ah! il mio sogno!... Egli è che non sognai solamente; ho anche pensato... forse feci male; non dovevo pensare... ma pure... la colpa non fu mia, bensí di quel pietoso racconto, che ho letto con tanto trasporto, e mi lasciò tale impressione!... Ah sí! que' due poveri giovani si erano sposati segretamente... nessuno lo sapeva, e non potrebbe darsi che... Ah! se fosse vero!... no, no; io ho aperti gli occhi quando gli chiuse mia madre! (Si *pone a sedere tutta malinconica; facendo delle mani velo agli occhi*)

Scena quarta

Corrado e la suddetta.

CORRADO (*sulla porta*) Dov'è... ricusare di vedermi?... Ah! (*avanzandosi impetuosamente vede Emma*). Una fanciulla? forse... (si *avvicina lentamente, e siccome per l'atteggiamento di Emma non potrebbe ben vederne il viso, le prende la mano per allontanarla dal medesimo*).

EMMA (*sentendosi toccare si alza spaventata, e vedendo Corrado, si scosta paurosa, dicendo*) Un uomo! qual uomo... Chi siete? Chi cercate? il papà forse?...

CORRADO (*subito*) Chi è vostro padre?

EMMA Il piú buono, il piú grande degli uomini.

CORRADO Infine?

EMMA Il benefattore di queste contrade - il medico Arrigo Palmieri.

CORRADO Palmieri? (Dessa!)

EMMA Non lo conoscete?

CORRADO Desidero di conoscerlo.

EMMA Ma allora (*scostandosi*).

CORRADO (*muovendosi verso di lei*) Allora...

EMMA Non vi avvicinate...

CORRADO E perché? (*fissandola attentamente*).

EMMA Ohimè! i vostri occhi sembrano due tizzi ardenti - non mi guardate; sento che il mio viso brucia.

CORRADO Ma io ho bisogno di guardarvi.

EMMA Bisogno? (*come per coprirsi il viso*).

CORRADO Lasciate che vi guardi - io cerco nei vostri lineamenti l'immagine d'una mia figlia.

EMMA Avete una figlia?... allora prenderò un poco di coraggio, perché un padre non è mai cattivo.

CORRADO È vero! ed io sarei cosí buono se mia figlia fosse con me!

EMMA L'avete perduta?

CORRADO Sí, ma la troverò, se è viva. - Lasciate che vi guardi... (*Dopo di averla osservata attentamente, come cercando di risvegliare le sue memorie, dice con dolore sdegnoso*) Ah! sono pur pazzo io! di che vorrei ricordarmi? Il vostro nome?

EMMA Emma.

CORRADO Emma?

EMMA Non vi piace questo nome?

CORRADO No; vorrei che vi chiamaste Ada.

EMMA Perché Ada?

CORRADO Perché è il nome di mia figlia. - Nessuno ve l'ha nominata?

EMMA Nessuno.

CORRADO Nemmeno vostra madre?

EMMA Mia madre è in cielo.

CORRADO In cielo!... e dessa fu la moglie del medico?

EMMA Certo, e spirò nel darmi la vita.

CORRADO (*fra sé*) Menzogna! Ora ecco l'orribile dubbio. Se la mia Ada è morta, la figlia legittima di Palmieri è morta essa pure... e costei da chi nacque?... dalla colpa? da Rosalia? Devo abbracciarla, o... (*muovendosi minaccioso verso Emma*).

EMMA (*impaurita*) Volete farmi del male?

CORRADO (*rimettendosi*) No, mia fanciulla, non abbiate timore.

EMMA Ma ve l'ho detto; i vostri occhi mi bruciano.

CORRADO Dai miei occhi non spirano sempre le fiamme; vi è anche una luce d'amore, vi è la sorgente delle lagrime, ed io ne ho versate tante... e orribili lagrime! Mi piace guardarvi - siete sí bella e soave, che osservandovi, mi pare di ritornar giovine, puro, tranquillo... Oh! guardatemi anche voi!

EMMA Ahimè! adesso la vostra tenerezza mi fa piú paura della vostra collera...

CORRADO (*impetuoso*) Paura? sempre paura! (*Piú dolce*) Non avete detto che un padre non è mai cattivo?... Ebbene, io vi chiamerò Ada, voi chiamatemi padre... voglio esserlo... (*appressandosi*).

EMMA (*allontanandosi*) Voi mio padre?

CORRADO (*con impeto*) Guai se non lo fossi! guai a voi!... (*minacciandola*).

EMMA Misericordia di me! chi mi soccorre? aiuto!...

Scena quinta

Rosalia ed i suddetti.

ROSALIA (*spaventata dal grido di Emma, senza aver visto ancora Corrado*) Che fu, Emma?... (*in questo punto vede Corrado, lo fissa, e dopo un momento, riconosciutolo, manda un grido di sorpresa e di terrore: quindi, come se avesse perduto la favella, serrando Emma fra le sue braccia, la spinge dentro alla porta, dalla quale essa è uscita, e rimane sulla soglia, esterrefatta, immobile, a capo basso*).

CORRADO (*che al venire di Rosalia si era scosso profondamente, ora superato il primo assalto, dopo di aver atteso, invano, una parola dalla moglie, si muove verso di lei*) Rosalia... (*Rosalia copre il viso colle mani, rivolgendo un poco il capo*). Sono io un fantasma per farvi tanta paura? - In ogni modo, dopo il vostro rifiuto di venire da me, voi dovevate essere preparata alla mia apparizione in questa casa. Il vostro contegno è un enigma. Ignoro se poc'anzi vi abbia colpita di terrore la mia persona, o piuttosto l'avermi trovato a colloquio con una fanciulla, che io amo di credere nostra figlia.

ROSALIA Ada? voi delirate. La fanciulla non vi ha detto che si chiama Emma?

CORRADO Lo ha detto.

ROSALIA Che è la figlia del medico Palmieri?

CORRADO Ha detto anche questo. - Ma voi lo ripetete?

ROSALIA Lo ripeto.

CORRADO Tanto peggio - poiché se è certo che quella giovinetta è figlia di Palmieri, non è meno certo che la sola figlia legittima ch'egli ebbe da sua moglie, è morta da lungo tempo. Cosí io vi domanderò, e voi mi direte chi sia la madre di questa fanciulla, che vi affrettaste tanto a salvare dagli impeti gelosi di vostro marito.

ROSALIA Chi è sua madre? - Lo ignoro. Quando ridotta all'estrema povertà, fui accolta per istitutrice in questa casa, mi sono creduta dispensata dal chiedere la fede battesimale della giovinetta. Chiedetelo a suo padre.

CORRADO Lo farò - frattanto rispondete ad un'altra interrogazione, e guardatevi dal mentire. Dov'è la mia Ada? che ne faceste voi?

ROSALIA Strana domanda! che ne ho fatto? è morta.

CORRADO Ada è morta?...

ROSALIA Sí, perché la povera moglie disprezzata di un condannato non raccoglieva tanto di elemosina per alimentare la sua bambina, che spirò di languore.

CORRADO La mia Ada?... e con simile freddezza mi annunziate la sua morte? Voi a me?... non vi credo. - Mi mostrerete l'attestato mortuario...

ROSALIA Andate a Catania a domandarlo - cosí vi risponderanno che un omicida, sfuggito dall'ergastolo, non ha diritto di chiedere conto della propria famiglia; egli vi ha rinunziato.

CORRADO Io vi ho rinunziato?... io? (*commovendosi gradatamente*) Ma perché dunque ho potuto strascinare per tredici anni la mia pesante catena? perché curvai anima e dorso sotto orribili pesi, senza cadere affranto, come il giumento? perché non agonizzai sotto il bastone? Chi mi ha tenuto in vita, se non la speranza di riposare, ancora una volta, nel mio letto nuziale? di rivedere mia figlia? - E perché ho scassinate, corrose le spranghe della mia ferriata? perché, colla morte sul capo, tra vepri e burroni, trafelato, ansante, ho camminato fin qui, reggendomi sugli stinchi logorati dai ceppi e lacerandomi i piedi? Dov'ero diretto se non alla casa, in cui avevo lasciata mia moglie? Chi sono venuto a cercare in questa, se non Rosalia, il mio primo amore, la sola donna che amai con entusiasmo, che ho posseduta per sí poco tempo? Ah! sí Rosalia, per dirle, guarda a quello che ho patito e perdonami, a quello che ho fatto per istrascinarmi fino alle tue ginocchia (*inginocchiandosi*), e tu, generosa rialzami - prendi il tuo fardello e vieni con me!

ROSALIA Con l'uccisore di mio...?

CORRADO (*subito, alzandosi lentamente*) Non proferire un nome, che dall'ora fatale mi è sempre risuonato nel cuore, come voce di rimorso, che mi ha fatto trasalire, piangere, imprecare a' miei trasporti. Non odio, no, ma amore e gelosia mi armarono la mano - lo sai. Alonzo voleva rapirmi tutto, ed io gli tolsi tutto... fu rappresaglia, fu colpa orribile. - Ma l'ho espiata duramente.

ROSALIA Lo credete?... io non voglio negarlo, ma per patimenti e castighi si espia forse l'infamia? no, essa dura incancellabile e diventa un legato, che gli eredi, innocenti, sono condannati a raccogliere. Ma se io accettai di portare il vostro nome, quando era puro ed onorato, non potete voi, non può nessuno costringermi a portarlo ora, che è coperto di vergogna e di sangue. Quando l'aguzzino vi ribadí la catena, lacerò il nostro contratto nuziale.

CORRADO No, Rosalia, non è questa la legge che hanno fatto i sacri legislatori.

ROSALIA Tanto peggio per loro, se ne promulgarono una diversa. Nessuno è obbligato a rispettare i codici, che ha fatto la barbarie. - Io ho il diritto della ribellione.

CORRADO Rosalia - il cuore è il piú giusto, o il piú pietoso dei codici, leggivi dentro, e vi troverai scritto che la piú sublime fra le mogli, fu quella di Caino, perché osò baciare la fronte, fulminata da Dio. Ma se ti spaventano i giudizi, o i pregiudizi del mondo, noi possiamo ingannare il mondo giacché lo vuole. Ricusi di portare il mio nome? Non lo porterai; io lo cangierò. Andremo a nasconderci in luoghi vergini, lontani... dove vorrai.

ROSALIA E cangiando nome e paese, cangierete natura? io perderò la memoria? Non sorgeranno sempre due spettri fra noi?... Sí, quello pure di mia madre, che morí di dolore, che ci ha maledetti... Or via, siate giusto e tronchiamo questo amaro colloquio; io avevo una casa, e voi la distruggeste; ordunque lasciatemi questa - partite.

CORRADO Partire senza di voi? lasciarvi in questa casa?... Rosalia, ciò è assolutamente impossibile... bisogna pure che lo confessiate. Se temete tanto i giudizi che pesano sul mio nome, non dovete temer meno quelli che potrebbero pesare sul vostro.

ROSALIA Che dite ora voi?

CORRADO Ora dico ciò che ho taciuto fin qui, perché amai d'illudermi... perché ho voluto tentare il vostro cuore, che trovai chiuso, inesorato piú di quello de' miei giudici. Dico che se vi ostinate a rimanere, crederò di essere stato un pazzo a sollevare la pietra del mio sepolcro; crederò veramente di esservi apparso come un fantasma, venuto a sorprendere i vostri segreti, a disturbare le vostre gioie, la vostra felicità... (*infiammandosi ognor piú*).

ROSALIA Le mie gioie? la mia felicità?

CORRADO Credo, infine, che questa casa sia molto piú bella e deliziosa di quella che io vi ho distrutta, perché nasconde i vostri nuovi amori, la vostra nuova figlia.

ROSALIA Orbene, credete ciò, credete tutto. In mille guise fui calunniata, per cagion vostra. Nessuno ha creduto alla virtú, al sacrifizio d'una donna, giovane, povera, sola, maritata, senza marito... Ora voi unitevi agli stolti, ai calunniatori; gettatemi un po' di fango in viso - non farete che continuare.

CORRADO Io voglio scuoterlo dalle vostre vesti. - Per pietà venite prima che io m'incontri con quest'uomo. Salvatemi - salvatelo.

ROSALIA Vorreste commettere un secondo delitto?

CORRADO Ma, per Dio, chi è dunque che fa scattare la molla? che mette la mano sull'aspide? - Io non voglio commettere delitti, voglio comandare a me stesso, ma il mio sangue non ubbidisce sempre (*Disperatamente*) Rosalia, vieni!

ROSALIA (*spaventata*) Compassione di me!... (*In questo mentre vede comparire sulla porta Palmieri, e manda un grido di terrore*) Ah egli?...

Scena sesta

Il dottor Palmieri ed i suddetti.

CORRADO (*al grido di Rosalia si rivolge e vedendo Palmieri, dice*) Egli? è lui? Palmieri?

PALMIERI Io stesso - ma chi siete voi?

CORRADO Un uomo che viene a reclamare sua moglie.

PALMIERI (*colla massima sorpresa*) Corrado?...

CORRADO Corrado che vi giudicherà entrambi.

PALMIERI   (*freddamente*)   Lo   farete.

ATTO QUARTO

La sala dell'atto precedente.

Scena prima

Corrado e Fernando.

CORRADO (*a sedere presso il tavolo*) Amico, è la seconda volta che vi prego di lasciarmi in pace - se potrò trovarla.

FERNANDO Ed io vi prego nuovamente a volermi dire qualche cosa riguardo all'accoglimento che avete ricevuto. In primo luogo perché m'interessa la vostra situazione singolarissima, ed inoltre perché vorrei appagare il desiderio di mio zio che aspetta la vostra risposta con grande impazienza.

CORRADO Il signor abate ha molta premura e non so perché. Ma posso io rispondere? dire quello che non so?

FERNANDO Non avete veduta Rosalia?

CORRADO L'ho veduta!

FERNANDO Che vi ha detto?

CORRADO Molte cose mi ha detto, e ne ho compreso una sola.

FERNANDO Potrei saperla?

CORRADO (*segnando il cuore*) Sta qui, amico.

FERNANDO Né può uscire?

CORRADO Senza aprirmi il cuore, no.

FERNANDO Da vero che vi rinunzio. - Ma la figlia?...

CORRADO Figlia di chi?...

FERNANDO Volevo appunto sapere... L'avete esaminata?

CORRADO Sí!

FERNANDO Che impressione vi ha fatta?

CORRADO Come si possono spiegare certe impressioni? - L'avrei abbracciata ed uccisa.

FERNANDO Nel tempo stesso?

CORRADO Appunto.

FERNANDO Dunque buio perfetto?

CORRADO Orribile - attendo una spiegazione dal medico, che si fa molto desiderare; l'attendo con ansia, con febbre. - È qui che noi ci dobbiamo parlare e per questo vi ho detto di uscire - ve lo dico per la terza volta, non aspettate la quarta.

FERNANDO Non l'aspetterò... ma vorrei lasciarvi piú tranquillo, farvi riflettere alle vostre circostanze, le quali potrebbero diventare anche piú gravi, giacché ho veduto alcuni gendarmi a cavallo che si dirigevano all'abbazia e forse per...

CORRADO Per arrestarmi?... tanto meglio! quando non si ha piú famiglia si può anche morire! Io ho vissuto per mia moglie e per mia figlia; altrimenti non sapete voi che se mi fosse mancato ogni altro mezzo, avrei fracassato il mio cervello contro i macigni della prigione? Ma sappiate che io possedevo un mezzo migliore, allora, e men doloroso; sappiate che lo possiedo anche oggi... dunque abbiamo un po' di pazienza... non ho bisogno che di poche ore per fare ciò che devo in questa casa e poi...

FERNANDO Amico, sono enigmi spaventevoli questi. Badate bene, che, in qualunque caso, voi non avete il diritto della punizione, e molto meno quello della vendetta.

CORRADO Chi parla dell'una? chi pensa all'altra?

FERNANDO Perché Rosalia, in fine de' conti, merita di essere compatita; non è dessa che vi ha lasciato. - Perbacco! trovarsi maritata e vedova nel tempo stesso!... nell'età di diciannove anni... Che cosa avreste fatto voi, nel suo caso?

CORRADO Siete un gran filosofo voi, che nulla soffrite. - (*Impazientandosi*) Ma non viene? non viene costui?...

FERNANDO Purtroppo verrà, e mi spaventano le conseguenze di questo colloquio. Se Arrigo ha la generosa imprudenza di confessarvi... Ah! buon Dio!... che farete voi?

CORRADO So io quello che mi dirà?... quello che farò? Sa la palla micidiale dove anderà a colpire, quando non è ancor fuggita dalla sua carcere di bronzo?... Andate, insomma; voglio raccogliermi prima di parlare col medico.

FERNANDO Raccoglietevi e meditate; è troppo giusto: giudicherete bene dopo di aver interrogata la vostra coscienza. Coraggio, mio povero amico! (*gli stringe la mano ed esce*).

CORRADO Non ho il diritto della punizione e molto meno quello della vendetta - sono abbastanza giusto per convenirne. Rosalia slanciata da me sull'orlo della voragine, senza guida, debole, sola, poteva sdrucciolare, cadere... chi lo nega! Rosalia avrà desiderata la mia morte, l'avrà attesa, di giorno in giorno, come una buona novella, per essere libera, felice, e... Insomma, non viene piú questo medico? perché tarda cotanto?... Avrà voluto consigliarsi con lei sul modo d'ingannarmi... Oh guai a loro! se non mi confessano... guai! (*Vedendo a venire Palmieri*) Ecco ch'egli viene, finalmente! Ora Dio ci guardi!

Scena seconda

Il dottor Palmieri ed il suddetto.

PALMIERI Eccomi a voi. Scusate se vi ho fatto attendere, ma dovevo prepararmi a questo colloquio, cosí improvviso, dovevo riflettere riposatamente alle cose che sono per dirvi.

CORRADO Cosí ho pensato.

PALMIERI La risoluzione non era facile nel mio caso. Si trovano presto i consigli nella rettitudine del proprio cuore, ma io dovevo interrogare anche l'altrui volontà.

CORRADO Quella di Rosalia?

PALMIERI Appunto, e lo feci. Le nostre decisioni, le speranze che abbiamo concepite partono da un principio - ed è che quando un uomo ha commesso errori gravissimi, deve saperli riparare anche a costo della propria vita.

CORRADO È questa la vostra confessione?

PALMIERI Non ancora. - Io ho parlato di voi.

CORRADO Di me? - Prima d'ogni altra cosa, voi favorirete di mostrarmi la fede di nascita di vostra figlia.

PALMIERI Mi domandate l'impossibile, perché io non ho figli.

CORRADO Non avete figli?... ma quella giovinetta?...

PALMIERI Quell'angelica giovinetta che si crede, che tutti credono Emma, si chiama Ada.

CORRADO (*con grido*) Ada?

PALMIERI È la figlia vostra.

CORRADO Ada vive? è qui? l'ho veduta! era lei!... (*vacillante*).

PALMIERI Ohimè!... le forze vi abbandonano? tremate tutto...

CORRADO Non volete che io tremi di gioia?... Eh, signore, vi sono gaudi che possono far morire... ma io vivrò - è adesso che vivo. La mia Ada cosí bella!... Ma perché vi crede suo padre? perché vi ama?... tacete; non voglio saperlo. - Voi me la restituite e basta: vi perdono il resto, perdono tutto... e a tutti... Ah! corro a dirle...

PALMIERI Aspettate.

CORRADO Vi ripeto che mi basta.

PALMIERI Ma io ho bisogno di sapere se siete degno di Ada.

CORRADO Non lo fui - lo sarò.

PALMIERI È ciò che spero, ciò che vedremo. Ponete in calma lo spirito, fate tacere il cuore, acciocché la vostra mente possa bene intendermi e meditare sul molto che vi dirò, giacché finora vi ho detto poco. Piuttosto sediamo.

CORRADO (*serrando le braccia al petto*) Parlate.

PALMIERI È inutile che io vi spieghi di quali mezzi si giovò la provvidenza per farmi incontrare Rosalia. Ciò avvenne alcuni mesi dopo la vostra carcerazione. Io la conobbi afflitta, grama, poverissima, senza famiglia, senza tetto, respinta benanco dalla madre agonizzante, spirata d'angoscia sul sepolcro del misero Alonzo. - La sua situazione deplorabile mi parlò subito al cuore; mi persuasi che, non a caso, il Signore mi aveva condotto presso quella infelice creatura, e ben presto diventai il suo benefattore, senza altro scopo che quello del benefizio. Ero infelice io pure, da poco tempo avevo perduto la moglie e la mia piccola Emma; non mi sarebbe stato possibile di nutrire una passione colpevole, perché quelli che soffrono sono sempre buoni. Nulla di meno vi confesso candidamente, che se Rosalia fosse stata libera, io le avrei dato il mio nome per riabilitarla... ma la poveretta era legata alla vostra catena! Io osservavo con un senso ineffabile di pietà la piccola Ada, che rassomigliava un poco alla mia Emma, e per una predestinazione singolare, mi si andava affezionando ogni giorno di piú, forse perché la ricolmavo di carezze. Quantunque avesse oltrepassati di poco i due anni, mi accorgevo da' suoi lineamenti, dalla tinta pallidissima del viso, e piú di tutto, dalla conformazione del suo cervello, che col crescere dell'età, si sarebbe sviluppata dentro di lei una di quelle nature sensitive, ed essenzialmente nervose, che le piú leggiere impressioni del dolore o della gioia scuotono con forza, quasi direi, con violenza. Osservandola, mi persuadevo che coll'andare degli anni la cognizione del proprio stato e della domestica infamia avrebbero potuto benissimo affievolirle la salute già gracile, e condurla benanche a fine immatura. Dicevo fra me: "Povera bambina! quando, fra poco, giunta all'età della ragionevolezza, chiederai di tuo padre, che ti risponderà la madre tua? che ti diranno gli altri? Ahimè! un'idea fissa, umiliante si mischierà sempre alle tue gioie, alle tue affezioni, ti turberà i sonni - e piú tardi, nell'età delle felici illusioni, quando l'anima vergine avrà bisogno di amore, chi verrà a proferirtelo? chi vorrà dare il proprio nome alla figlia di un forzato?" - Queste riflessioni mi fecero pensare al rimedio; pensai di correggere, a suo riguardo, il vecchio pregiudizio, e dissi un giorno a Rosalia: "Buona madre, se voi lo volete, io costringerò il mondo a rispettare questa fanciulla. Se non posso riabilitare la madre, posso però riabilitare la figlia, darle un nome intemerato, il mio nome. Credendo di aver fatto un cattivo sogno, riabbraccerò la mia Emma nella vostra Ada; avrò un angiolo in cielo, ed una figlia in terra" . - Cosí avvenne... ed ora voi giudicatemi.

CORRADO Senza dubbio, vi è della generosità in ciò che faceste... molto piú se nessuna ricompensa...

PALMIERI Una ne aspetto da voi.

CORRADO Da me?... Nullameno vi dirò che cessa il merito di una buona azione, quando per farla si usurpano i diritti altrui. Signore! quella fanciulla aveva un padre.

PALMIERI Non sapevo persuadermene in forza di un principio, che non mi ha mai permesso di distinguere fra il carcere perpetuo e la tomba, fra l'uomo che muore per legge fisica e quello che cessa egualmente di esistere per legge civile. Ad ogni modo, se violai un diritto nol feci con cattiva intenzione, se commisi un errore, fu, perlomeno, un nobile e pietoso errore.

CORRADO Che voi riparerete - io faccio appello alle vostre parole.

PALMIERI Le mie parole - lo dissi - riguardavano unicamente i vostri errori - ben piú gravi del mio; a voi spetta la riparazione. Rosalia che è stata, e continua ad essere, la vostra vittima, vi offre un insigne esempio di coraggio, giacché comprenderete bene che per accreditare il nostro inganno, perché ognuno si persuadesse che la mia Emma non era morta, Rosalia ha dovuto rinunziare i suoi diritti, le sue gioie di madre.

CORRADO Come?... Rosalia si è rassegnata?... ma voi comprenderete che io non posso, né voglio rassegnarmi...

PALMIERI Vi rassegnerete perché è necessario.

CORRADO Necessario?

PALMIERI E come no?... Io ignoro dove troverete le parole per dire a questa fanciulla, la di cui tempra dilicata e fragilissima ha verificato i pronostici del medico: "Senti, o mia fanciulla, ti hanno ingannata: l'uomo onesto che rispetti ed ami con tanto entusiasmo, non è tuo padre, ma io, che sono ancora bagnato del sangue di un innocente che era tuo zio; io che ti mostro i polsi lacerati dalla catena che strascinai per tredici anni; che non ho ancora scontata la mia pena, che sono fuggito, che posso essere preso, di giorno in giorno, di ora in ora, e ricondotto all'ergastolo, io, io sono tuo padre. Se morirai di crepacuore, di vergogna, non importa, purché io ti abbia abbracciata".

CORRADO Oh! in nome di Dio, tacete!

PALMIERI Io tacerò... ma vorrei che parlasse il vostro cuore.

CORRADO Mi diceste di farlo tacere.

PALMIERI Ma adesso...

CORRADO Adesso che lo avete squarciato volete che parli?

PALMIERI Dunque tronchiamo il colloquio (*si accosta a destra facendo un cenno a persone che si suppongono dentro alla camera*).

CORRADO Che significa ciò?

PALMIERI Vedrete. Io ho fatto il mio dovere, voi farete il vostro. Giudicate, assolvete, punite come piú vi aggrada. Volete distruggere la mia opera di redenzione? La legge vi autorizza a farlo; io ne convengo. - Vi accorda anche il diritto di uccidere vostra figlia. - Guardate; viene essa medesima, ed è la povera, la magnanima madre, che la conduce al giudizio.

CORRADO Ah!

PALMIERI Su dunque, coraggio, con una parola voi potete trafiggere due cuori - io starò ad osservarvi.

CORRADO Che tortura è questa!

Scena terza

Rosalia, Emma e i suddetti.

EMMA (*senza veder Corrado, corre subito verso Palmieri*) Finalmente ti ritrovo! cattivo papà... io non sapevo piú stare senza vederti, quando la buona Rosalia venne a dirmi che mi aspettavi - via, meno male; vuoi farmi un po' di carezze?

PALMIERI Dovevo dirti alcunché... ma adesso stavo ragionando con quell'uomo...

EMMA (*osservando Corrado con isbigottimento*) Ancora qui?

PALMIERI Come? ti fa paura?

EMMA Molta paura: devi sapere che l'ho veduto un'altra volta, e Rosalia è giunta appena in tempo per salvarmi dalla di lui collera.

CORRADO Ma allora io... (*Rosalia tiene sempre gli occhi sopra Corrado, nella massima apprensione*).

EMMA Allora, cosa vi avevo fatto? figurati, papà! pretendeva che io mi dovessi chiamare Ada...

CORRADO Perché... (*incontrandosi cogli occhi in Rosalia, si arresta*).

EMMA Perché si chiama cosí una vostra figlia; e per questo è un'Ada ogni fanciulla?... e poi voleva abbracciarmi, voleva assolutamente che lo chiamassi padre...

CORRADO Ah!...

PALMIERI (*subito*) E non ti piacerebbe ch'egli fosse tuo padre?...

EMMA Morirei subito! - ma sei tu mio padre... (*tremante e con grido di dolore misto a senso di paura*), lo sei, è vero! non mi abbandonerai! resterò sempre con te!... (*slanciandogli le braccia al collo*).

PALMIERI (*guarda Corrado in modo che significa "vedete...", Corrado abbassa la testa, e Palmieri allora ponendo la mano sul capo di Emma, dice*) Sempre!

EMMA Sempre?... Ah! cosí va bene. - Dunque andiamo di là, quell'uomo mi fa male al cuore... andiamo di là se devi parlarmi.

PALMIERI Precedimi nello studio... vengo subito.

EMMA (*con dolcezza*) Non farmi aspettare! (*entra*).

PALMIERI (*si accosta a Corrado, il quale si scuote dalla sua concentrazione fosca, profonda*) Riflettete su ciò che avete udito, che avete veduto (*entra*).

ROSALIA (*dopo un momento di silenzio*) Corrado, hai tu nulla a dirmi?

CORRADO Molto devo dirvi. - Mi si comanda di riflettere su ciò che ho udito, che ho veduto, ed è un uomo vestito di carne, soggetto alle mie stesse passioni quello che mi dice di riflettere, che ordina al mio cuore di tacere quando ha bisogno di urlare, e vuole che parli quando è un sepolcro. - Sí, ho udito e veduto. Ho veduto mia figlia, piú bella di un angiolo, mia figlia, alla quale io faccio paura, che mi odia senza conoscermi e non si accorge che io respiro dentro di lei. Mia figlia, che ama un altro uomo, lo accarezza, lo bacia, si stringe al suo collo... e siete voi che avete permesso ciò, voi che invece d'insegnarle a piangere sulla mia sciagura, a pregare pel misero carcerato, coltivaste nel suo cuore un affetto falso, menzognero, in onta alla natura e alle leggi.

ROSALIA Corrado - io mi sono creduta in diritto di dare a quella infelice ciò che tu le avevi tolto, un buon padre, ed un nome onorato.

CORRADO Un buon padre?... Sí, sono costretto ad ammirare ciò che faceste, che ha fatto Arrigo... ma so che altro è il raziocinio della mente, altro quello del cuore; so che vi sono castighi superiori alle colpe, che non si possono imporre senza offendere l'umanità. E si può comandare ad un padre, che, dopo tanti anni, s'incontra colla propria figlia, di starle davanti impassibile, freddo, muto?... Ah! l'immobilità si ottiene da' macigni. Poc'anzi mi sono frenato, non so come, forse la generosità di quell'uomo mi aveva istupidito, pietrificato. Ma ora il sangue torna a circolare; ora sento il dolore, la gelosia - una orribile gelosia. Vi domando mia figlia.

ROSALIA Ma non l'hai intesa? tua figlia muore.

CORRADO Non morirà; io le racconterò le mie pene, le mie angoscie, i miei rimorsi. Se è buona e santa si rassegnerà volentieri a diventare il mio angelo redentore. Ah sí! io ho bisogno di una bianca mano che mi spiani la fronte, che mi rinfreschi il sangue, che mi guidi e mi assista. Ma, se non fosse che per una volta sola, lasciate che io mi stringa al seno la mia... la nostra Ada - poi fuggirò.

ROSALIA Per una volta sola! - E dopo che sarebbe di lei? di Ada?... Ah! Corrado, non è possibile. Tu mi parli delle tue pene, che sono crudeli, - io lo vedo, lo sento - ma non vedi, non senti le mie tu? Vuoi dire alla nostra Ada che sei suo padre! ma io, quando le ho detto di essere sua madre? io che per non doverle spiegare, un giorno, chi era, cosa avevo fatto, dove viveva suo padre, mi sono privata de' miei diritti, e di quelle gioie, che tu ora reclami da me?... Sí, per riparare i tuoi falli, per non costringere Ada ad arrossire de' suoi genitori, mi sono assunto l'uffizio di educatrice, di aia, di serva... e spesso, nel silenzio della notte, mi accostai leggermente al suo letticciuolo, per contemplarla con occhi di madre, senza essere veduta; la baciai con timore e fuggiva subito, come inseguita dal grido della pubblica opinione, ché a Catania, qui, dappertutto mi han creduto una prostituta.

CORRADO (*scosso*) Tu?... per cagion mia!

ROSALIA È bene che tu lo comprenda; cosí comprenderai egualmente che non puoi, che non devi rapirmi il frutto della patita vergogna, di un sacrifizio che non ha nome nell'istoria delle madri. No, non priverai tua figlia degli agi, dei quali ha bisogno la sua debole complessione; non la chiamerai a dividere con te il disonore, il duro pane dell'elemosina; non la strascinerai sulle montagne per nasconderla in una capanna, col rischio di essere inseguito, scoperto ad ogni momento, ucciso a' suoi piedi... Ah! no, Corrado, se ricusi di esaudire le preghiere della madre, se non t'inteneriscono le lagrime della moglie, abbi compassione almeno della povera donna che ha salvata tua figlia! (*inginocchiandosi*).

CORRADO In ginocchio, a' miei piedi? tu?... alzati, Rosalia, alzati!

ROSALIA (*alzandosi*) Piuttosto, sentimi, Corrado, la mia risoluzione è presa. La nostra Ada serbi sempre il nome di Emma, e rimanga col nobile uomo che le ha dato il suo nome. In quanto a me, giacché la donna è una schiava, legata alla volontà del marito, finché questi respira, sia cosí; non me ne lagno, io ti seguirò sulla montagna, nel carcere, al patibolo, se tu lo vorrai.

CORRADO Tu mi seguiresti?... mi seguirai?

ROSALIA Non hai detto: "Rosalia, prendi il tuo fardello e vieni con me"? sono pronta a prenderlo anche oggi. Non abbisogni di una mano che ti spalmi la fronte? che ti rinverdisca il sangue? che ti guidi e ti assista? ebbene, la mano che ricerchi è la mia, è questa - prendila, essa è ben tua.

CORRADO Ah! io non sono degno di toccarla...

ROSALIA Povero Corrado, non lo eri... ma in questo momento sí, ora puoi appoggiare il tuo capo ardente sul mio seno... Vieni, infelice, vieni! (*allargando le braccia*).

CORRADO (*slanciatosi, ed ora tenendola abbracciata nell'estrema commozione*) Rosalia... che gioia è questa!

ROSALIA È la gioia del sacrifizio, è una santa gioia! Dio ti avrà assolto perché hai patito molto; io ti perdono tutto perché sei rassegnato - lo sei, è vero?

CORRADO Lo sono, sí; la mia energia è caduta; non posso piú resistere; la mia anima di bronzo si scioglie in lagrime fra le tue braccia!...

Scena quarta

L'abate ed i suddetti.

ABATE (*avanzandosi*) Scusate, se vengo cosí all'improvviso; ma, da quanto vedo, giunsi almeno in buon punto per prendere parte ad un colloquio molto edificante.

ROSALIA Monsignore piuttosto viene a troncarlo... ma un poco tardi, per nostra fortuna, giacché, nulla ci resta da dire, e siamo perfettamente intesi; non è vero, Corrado?

CORRADO Sí.

ROSALIA Ciò basta, monsignore se ne rallegri, e frattanto mi permetta di ritirarmi (*entra*).

ABATE Voi le avete perdonato?

CORRADO Il signor abate sbaglia - è Rosalia che ha perdonato a me.

ABATE Va bene, un'assoluzione reciproca è veramente evangelica. Ma io ho anche inteso - giacché, arrivato a caso, mi fermai un poco dietro l'usciale, per non turbare le nobili manifestazioni - che le mie previdenze non fallirono; che la vostra Ada vive nella supposta Emma.

CORRADO Vive - ma non per me.

ABATE Non per voi?

CORRADO Ho dovuto rinunziarvi.

ABATE Dovuto?... Ah, ciò non può stare. - Un marito ed un padre non perdono mai i propri diritti.

CORRADO Gli perdono, monsignore, perché il delinquente scioglie i vincoli, che aveva contratti l'onesto uomo.

ABATE Non siamo d'accordo.

CORRADO È ben naturale - ma ditemi, signor abate. Se la legge, nell'atto che priva il condannato d'ogni diritto civile, d'ogni rapporto colla società e colla famiglia, dichiarasse pure sciolti i legami che, in sostanza, piú non esistono che nella cerimonia e nel nome, credete voi che la punizione non riuscirebbe piú morale, piú utile?

ABATE Che strano legislatore!

CORRADO Meno di tanti altri, mentre vi so dire che in poche ore ho espiata qui la mia colpa, assai piú che in tredici anni di lavori forzati: nel carcere ruggiva la fiera, qui è l'uomo che piange.

ABATE Nessuno ha il diritto di farvi piangere; la vostra famiglia vi appartiene. Infelice! non avete ancora compreso che si vuole allontanarvi? Che se il medico vi usurpò i diritti di padre, spera anche di proseguire ad usurparvi quelli di marito?

CORRADO (*con forza*) Voi mentite, e non dovreste farlo.

ABATE Mentisco io?

CORRADO Lo ripeto. - Ma giacché vi degradaste, fino al mestiere di spiatore, avreste anche dovuto intendere che Rosalia è pronta a seguirmi.

ABATE Sí, lo dice, perché non ignora che siete reclamato dalla giustizia, per cui...

CORRADO Tacete - non oltraggiate quella santa donna.

ABATE Santa poi...

CORRADO Santa. Voi che appartenete ad una setta di egoisti, non potete comprendere la generosità di quell'uomo, i sublimi sacrifizi di quella donna. I cattivi non riescono mai a farsi una giusta idea del bene. - Ma se fosse anche vero ciò che voi asserite - con quale scopo di carità lo ignoro - di chi sarebbe la colpa, se non di que' strani legislatori appunto, che pervertirono il senso di sapienti parole, per imporre al mondo una legge stolta, inumana come i loro cuori?

ABATE Che dite voi?

CORRADO Dico ciò che il mondo vede e soffre. - Ma che è mai un uomo condannato alla reclusione perpetua, se non un cadavere, al quale si conserva ancora un po' di moto, perché rimanga sulla superficie della terra ad ammorbare l'altrui esistenza?... Se non vi manca il lume dell'intelletto, vedete e considerate. Una fanciulla pura, onorata muove al vostro altare, certa di unire la sua esistenza a quella di un uomo onesto. Ma poco dopo, quest'uomo si fa reo di un delitto; la legge lo colpisce, viene chiuso in un carcere, sepolto vivo in una tomba... e la donna? Ahimè! la misera superstite, la vedova del condannato, coperta di vergogna, mendica, spregiata, deve serbar fede ad un talamo che non ha piú, che la legge le ha tolto; deve comandare al suo cuore deluso di non battere, al suo sangue di non fremere, nell'età delle passioni, sotto pena di essere tacciata d'adultera, di meretrice. Cosí, mentre senza il concorso della volontà non si può ammettere la colpa ed è inumano il castigo, voi eredi dell'Inquisizione, punite, torturate sempre l'innocente in nome di Dio. - Ed è legge divina questa? è religione? quale? dove?

ABATE Le vostre parole sono sacrileghe; vi comando di non proseguire.

CORRADO Io proseguo per dirvi che compatisco mia moglie se amò, che l'assolvo se ha peccato.

ABATE Che ascolto! Ora io non posso piú che compiangervi; ma giacché siete ricercato dalla giustizia, vi avverto che le porte della mia abbazia non si apriranno per voi; seguite il vostro destino.

CORRADO Io credo anzi che voi mi denunzierete.

ABATE Voi ardite di crederlo?

CORRADO E voi ardite di negarlo? - Andate, monsignore; dite a quelli che mi ricercano che io sono qui ad aspettarli... ma pochi istanti mi bastano per essere piú pietoso di voi, piú grande della legge.

ABATE In qual modo?

CORRADO Non mi confesso che a Dio (*l'abate esce*).

ATTO QUINTO

Ancora la medesima sala.

Scena prima

Corrado poco dopo Rosalia.

CORRADO Rosalia non comparisce - perché? i miei istanti sono pochi e possono sfuggirmi... Ah! eccola: mi ha esaudito - va bene.

ROSALIA Corrado, hai desiderato di parlarmi? eccomi; l'ora della nostra fuga è venuta?

CORRADO Non ancora; prima ho bisogno di dirti alcune cose, di farti qualche interrogazione con quella calma che non avrei potuto ritrovare poche ore sono. Era troppo commosso, troppo esaltato; mi mancavano le idee - ma adesso mi trovo piú tranquillo. Rosalia, vieni a sedere presso di me; noi ci faremo le nostre confidenze - vieni. (*Rosalia siede vicino a Corrado*) Principierò io. Dimmi anzi tutto. Ho mantenuta la mia promessa? ho saputo rassegnarmi? tacere? soffrire? incatenare le braccia?

ROSALIA Sí, Corrado.

CORRADO Dovevo farlo, e lo feci, lo feci volentieri dopo la inesprimibile soavità gustata sul tuo petto, dopo che tu avevi promesso di dividere la mia sorte, di seguirmi dovunque.

ROSALIA Ed io pure manterrò la promessa.

CORRADO Sí, ma con quale, con quanto sacrifizio? ecco quello che ho bisogno di conoscere, ecco la confidenza che io ti domando. Rosalia, non si spezzerà il tuo cuore nell'abbandonare questi luoghi? questa casa?

ROSALIA Questa casa?... tu me lo domandi? non è qui che noi lasceremo, forse per sempre, la nostra Ada?

CORRADO Lo comprendo - ma oltre la figlia, non ti dorrà di lasciare un'altra persona?

ROSALIA Chi?

CORRADO Non esitare a rispondere - chi resterà con Ada?

ROSALIA L'uomo generoso...

CORRADO Al quale devi molto, che hai rivestito de' miei diritti di padre. - Ho io detto tutto?

ROSALIA Corrado, spiegati.

CORRADO Sei tu che devi spiegarmi come sei vissuta per tanto tempo presso di lui, se lo hai amato - ed in qual modo - s'egli ti ama.

ROSALIA Corrado, simili interrogazioni!...

CORRADO Se non ho il diritto di fartele, ho bisogno perché tu vi risponda. Rosalia, confessati con coraggio ad un colpevole, ad un amico, se lo vuoi. Il colpevole piegherà il capo davanti a te, l'amico è già pronto ad assolverti.

ROSALIA Ebbene; io voglio che l'amico mi giudichi, che il marito mi condanni se lo avrò meritato. Saprai quello che nessuno sa a questo mondo, fuori di me - ed è giusto. Ormai conosci Arrigo, la nobiltà, la grandezza dell'animo suo, e ti è noto abbastanza ciò che ha fatto per tua figlia e per me. Aggiungerò solamente ch'egli mi ha salvata da un mostro spaventevole, che qualche volta rende possibile la colpa - dalla miseria. Quindi la mia riconoscenza rassomigliava ad un culto religioso, perché infatti Dio solo poteva avermi spedito quell'angelo custode ed io ero tranquilla. Nessun timore, nessun rimorso mi turbava; ma cominciai a perdere la calma, quando mi accorsi che quel mio affetto, a poco a poco, cangiava aspirazioni, forma, natura: e quando me ne accorsi, il mutamento era avvenuto. Allora mi posi subito in guardia; mi esaminai e capii ch'ero forte, che potevo resistere. La battaglia, però, fu crudele, lunga, ostinata, ma la vinsi perché piuttosto che cedere, sarei fuggita... e non mi bastava l'animo di lasciare mia figlia. La nostra Ada mi salvò.

CORRADO Ed egli?

ROSALIA Credo ch'egli pure soffrisse e lottasse al pari di me; lo credo, giacché se i nostri occhi errarono, qualche volta le labbra furono piú prudenti e rimasero suggellate. Cosí abbiamo vissuto e trionfato; te lo giuro, Corrado. Abbiamo trionfato, perché risoluti entrambi di non giustificare mai la calunnia, di non voler mai abbassare gli occhi davanti a lei. Però, se alle mie inquietudini, alle mie materne torture, tu aggiungi queste lotte incessanti, inumane, comprenderai ciò che è stata la mia vita in questi tredici anni di prova, di virtú sconosciuta, di calunnie, di sacrifizio. Ora che mi sono confessata, aspetto la tua sentenza.

CORRADO Ma non mi hai detto tutto.

ROSALIA Tutto, Corrado...

CORRADO No, non mi hai detto se nel fervore de' tuoi interni combattimenti, nei giorni della debolezza, un'idea si è presentata alla tua mente - un'idea ben naturale - quella della mia morte.

ROSALIA Della tua morte?

CORRADO Non vi hai pensato? non l'hai desiderata? non la chiedesti a Dio, in premio di tanta virtú?

ROSALIA Mai... ti giuro anche questo. Non avrei piú potuto guardare in viso tua figlia.

CORRADO Ma se Dio, che è piú misericordioso degli uomini, avesse spezzata la tua catena, non saresti divenuta volentieri la sposa di Arrigo?

ROSALIA Corrado, questa tua interrogazione non è generosa; vi posso rispondere io?

CORRADO E perché non vi puoi rispondere? sii sincera al pari di lui. Egli mi ha detto, che se tu fossi stata libera, ti avrebbe dato il suo nome per riabilitarti.

ROSALIA Egli?... è la prima volta che conosco le sue intenzioni.

CORRADO Tanto meglio. Io ti domando se avresti accettato il suo nome e la sua mano. Rosalia, il marito non ti ascolta; parli all'amico - rispondi.

ROSALIA (*a capo basso*) Sí.

CORRADO E dopo tutto ciò, sei rassegnata, sei pronta a lasciare questa casa per seguirmi?

ROSALIA Non te l'ho detto? partiamo.

CORRADO Ma se la nostra fuga non fosse piú possibile? Io sono ricercato, e forse a quest'ora... forse a momenti verranno a prendermi...

ROSALIA Dici il vero, Corrado?

CORRADO Poniamo che ciò avvenga... tu allora che farai?

ROSALIA Verrò ad abitare in vicinanza del tuo carcere - o mi accoglierà un monastero; perché il mondo mi ha troppo calunniata e... Oh! ma il Signore proteggerà la nostra fuga - la notte è vicina; noi fuggiremo - il mio cuore si è risvegliato; io voglio vivere con te. Ti amo, Corrado, ti amo come prima, piú di prima.

CORRADO Mi ami? mi ami?... Ah, Rosalia, quali e quante gioie ho respinte da me!

ROSALIA Noi le gusteremo di nuovo, saremo ancora felici...

CORRADO Felici?... sí, va' dunque a prepararti per questa notte, e lasciami solo; ho tanta commozione nel cuore che se tu resti qui un altro momento, io muoio...

ROSALIA A questa notte dunque - addio, povero Corrado! (*gli stringe la mano ed entra a destra*).

CORRADO E nullameno morirò - ma dopo di aver fatta giustizia. Sventurata, magnanima donna! Io l'ho divelta dalle braccia de' suoi genitori; le uccisi un fratello, feci morire d'angoscia la madre sua; la coprii di miseria e di vergogna, l'ho esposta alla calunnia, ho torturato il suo cuore... Essa amava il piú generoso degli uomini, che l'avrebbe rilevata dal fango, sotto il quale io l'aveva sepolta... Ma un cadavere steso fra loro li separava...

ebbene il cadavere sparirà, perché io lo seppellirò. - Oh! voi, rappresentanti di un diritto, che alcuni bestemmiatori han chiamato divino; voi che avete piantato i vostri aculei anche nei penetrali della famiglia, guardate qui adesso, a quest'omicida che vi rampogna, a questo galeotto che v'insegna la carità. (*Estrae un medaglione*) Poche goccie di liquore nascosto in questo medaglione che i miei aguzzini non si sono creduti in diritto di rapirmi, cancelleranno il vostro codice. Poveri stolti! miserabili tormentatori! Vorreste darmi ancora il pane amaro dello schiavo, per continuare la tortura di due cuori?... no; io berrò per dormire - (*arrestandosi*). E mia figlia?... che importa? io le faccio ribrezzo... è una disposizione della provvidenza anche questa; Ada non piangerà vedendomi morto. (*Vedendola venire*) Ah! è lei!... in tal momento non è a caso ch'essa viene... il Signore me la invia.

Scena seconda

Emma ed il suddetto.

EMMA (*vedendo Corrado*) Sempre quest'uomo!... (*fa per partire*).

CORRADO No, non mi fuggite ora, o fanciulla, perché ho gran bisogno di parlarvi.

EMMA Parlarmi?... Sempre parlarmi!

CORRADO È l'ultima volta!

EMMA Partite?

CORRADO Sí - domani non mi vedrete piú - ciò vi farà piacere?

EMMA Un poco, perché...

CORRADO Perché vi atterrisco, lo so... ma non vi sembra di vedere in me qualche cosa di diverso? non sono tranquillo? non vi parlo piú soavemente? - Or bene, se temete che anche adesso io possa farvi del male, mi metterò ginocchioni davanti a voi... (*s'inginocchia*).

EMMA Oh! questo poi no...

CORRADO Volete che io mi alzi? sono debole - aiutatemi, stendetemi la mano... (*protendendo le braccia*).

EMMA Sí, pover'uomo... (*nel prendergli le mani, si accorge delle fossette e contusioni che sogliono produrre i serrami delle catene*). Che vedo? i vostri polsi furono offesi, straziati?... Ah! forse... mio Dio!... foste condannato ai ferri?... Oh!... (*coprendosi gli occhi, Corrado profondamente colpito dal ribrezzo di sé medesimo, dopo di aver cercato di coprire i polsi, barcollante per commozione eccessiva, si appoggia allo schienale della sedia, chinando il capo*). Condannato! e per quale delitto?... non me lo dite; ho fatto male a interrogarvi; non vi sdegnate... ma vedo che i vostri occhi si gonfiano di lagrime... Ah! non mi fate piú paura, ma molta pietà... Sventurato! e se incontrerete vostra figlia, la vostra Ada?... io tremo tutta pensando a lei!

CORRADO Non la incontrerò... essa è già morta...

EMMA Ah! il Signore le è stato misericordioso! perché, toccando le piaghe dei vostri polsi, come feci io, un poco fa, sarebbe morta di dolore e di vergogna. (*Corrado non potendo piú resistere si lascia cadere sulla sedia*). Vi viene male? Gesú mio! come impallidite! forse vi ho offeso, poveretto! non volevo offendervi... Voi soffrite molto - volete che chiami qualcheduno?...

CORRADO No - guardate, dentro a questo medaglione conservo un liquore che mi farà guarire (*mostrando il medaglione*).

EMMA Abbisognate di aiuto?

CORRADO Del vostro aiuto per?... oh no! - Piuttosto, giacché siete sí buona, rivolgete il capo, e pregate Dio per me.

EMMA Lo pregherò in ginocchio. (*S'inginocchia e giunge le mani*).

CORRADO (*non visto da Emma, la guarda appassionatamente, quindi levando gli occhi in alto, dice*) Mio Dio! tu sai per chi prega questa fanciulla; esaudisci la sua preghiera, e nella tua sapienza perdona al suicida! (*Beve quindi, posato il medaglione sul tavolo, si accosta ad Emma e le dice affettuosamente*) Grazie, mio buon angelo... io mi sento già meglio.

EMMA Ah! vorrei che fosse vero, perché non posso spiegarvi quello che, nell'atto della mia preghiera, ho provato per voi... vedete che io piango... Ohimè! voi siete venuto per far piangere tutti...

CORRADO Io?

EMMA Sí, anche mio padre, anche Rosalia si sono fatti cosí malinconici dopo il vostro arrivo!...

CORRADO Eppure sono venuto per rendervi tutti felici... per lasciarvi una dolce memoria di me.

EMMA Voi partite - è singolare! temo che anche Rosalia abbia in mente di partire, di abbandonarmi...

CORRADO Ve lo ha detto essa?

EMMA No, veramente, ma poco fa mi ha abbracciata e piangeva, come si sogliono abbracciare le persone che si amano, come si piange quando si parte per non ritornare sí presto... e forse mai piú.

CORRADO Vi sarete ingannata - abbandonarvi essa? perché? - Ma voi ne soffrireste?

EMMA Tanto ne soffrirei!

CORRADO Amate dunque molto la povera Rosalia?

EMMA Come mia madre.

CORRADO E godreste assai se lo fosse veramente?

EMMA Oh! godrei tanto! Sappiate che io nel segreto del mio cuore ho creduta possibile questa felicità... io la sognai piú volte... sognai che Rosalia ed il papà erano sposi, uniti segretamente... guardate un po'!

CORRADO (*dopo aver riflettuto*) E se voi non aveste sognato che il vero?

EMMA (*sorpresa*) Buon Corrado, che dite voi?

CORRADO Ecco perché sono venuto, o mia fanciulla; per dirvi, no, non è giusto che duri l'amaro inganno; che rivolgiate sempre i vostri occhi al cielo, per cercarvi la madre vostra, mentre dessa vive quaggiú, in questa casa...

EMMA Rosalia?...

CORRADO Sí, ecco la memoria che volevo lasciarvi.

EMMA Rosalia mia madre?... ma non sogno anche adesso? non ho sognato allora? Ah! se è vero, grazie, mio amico, grazie! Ma dov'è, dunque, Rosalia?... che non parta, che non mi lasci ora - dov'è mio padre? (*Corre verso la porta a destra*) Ah! venite, venite!

Scena ultima

Rosalia, Palmieri, i suddetti.

ROSALIA Che volete, Emma?

PALMIERI Corrado?...

EMMA (*a Palmieri*) Ah, dimmi se è vero ciò che mi ha fatto credere il povero Corrado. Mia madre non è morta nel darmi alla luce? (*A Rosalia*) Parlate anche voi, toglietemi la spina dal cuore - siete voi... sei tu mia madre?

ROSALIA (*con terrore e sorpresa*) Ah!

PALMIERI Che?... voi le diceste?

CORRADO Tranquillatevi; le ho detto ancora che un nodo legittimo vi unisce a Rosalia.

PALMIERI Come?

CORRADO Perdonatemi se le ho svelato il segreto... ma potevo, dovevo farlo nel momento solenne in cui l'ostacolo che si opponeva alla pubblicazione del vostro matrimonio sparisce per sempre.

ROSALIA (*spaventata*) Sparisce?...

PALMIERI Corrado, che avete voi fatto?

CORRADO Ho riflettuto su ciò che vidi ed udii...

PALMIERI Ah! temo di comprendere...

CORRADO Suvvia dunque, o fanciulla, temete ancora che io vi abbia ingannata? (*La prende per mano*) Venite, che io vi unisca alla madre vostra, che vi veda abbracciate!... (*serrandola fra le braccia della madre*).

EMMA Ah, il mio sogno!

ROSALIA (*sempre spaventata*) Oh! figlia!... (*Vedendo Corrado che sta per cadere*) Corrado?...

EMMA (*vedendolo infatti cadere sulla sedia*) Egli sviene...

PALMIERI (*con una mano sul polso, l'altra sulla fronte di Corrado*) Egli muore!

ROSALIA Muore?

EMMA Aspettate: questo medaglione contiene un liquore salutare, egli ne ha bevuto qualche goccia, momenti or sono... proviamo a dargliene ancora...

PALMIERI (*vedendo il medaglione aperto, lo afferra e dopo di averlo aspirato*) Veleno? si è avvelenato!

ROSALIA Mio Dio!

EMMA Avvelenato!

ROSALIA Presto dunque un rimedio...

PALMIERI Ah! non ve n'è alcuno! - è tardi.

CORRADO (*ripetendo macchinalmente le parole*) È tardi! (*Con vaneggiamento, o sogno febbrile*) Povera donna! nobile uomo! magnanimi cuori!... meritavano un po' di bene, un premio... e l'ottengono da me...

ROSALIA (*fra sé, costernata*) Ah! la mia confessione lo ha reso suicida!

PALMIERI (Muore per noi!)

CORRADO (*come sopra*) Dite che vengono a prendermi?... Ah! il delatore... Vile!.. Stolti! il cadavere civile perde il moto... ho terminato di ucciderlo io... Ah! la mia Ada... la mia Ada!...

ROSALIA Chiama sua figlia... (*Ad Emma*) Egli ha creduto che tu lo fossi... Ah! se lo credesse anche adesso!... accostati a lui - chiamalo padre, perché muoia in pace!

EMMA Oh sí! (*Si accosta a Corrado, e ponendogli la mano sulla fronte, gli dice con grande affetto*) Padre, padre mio, guarda la tua Ada.

CORRADO (*trasognato*) Ada?... (*Si alza e la stringe convulsivamente fra le braccia, ma guardando Rosalia e Palmieri, torna in sé e dice*) No, no, Emma!... (*Fa cenno a Palmieri di accostarsi e cosí pure a Rosalia, pone fra loro Emma e, dopo di averli strettamente aggruppati, stende le sue mani sui loro capi - poi cade e spira. - Rosalia ed Emma mandano un grido di dolore e si curvano sul corpo di Corrado*).

PALMIERI (*rimasto in piedi ed allargando le braccia, coll'accento doloroso e solenne dell'uomo che pensa all'umanità*) Legislatori, guardate!